INK INK INK INK INK
INK INK INK INK INK INK
INK INK INK INK INK
INK INK INK INK INK INK
INK INK INK INK INK
INK INK INK INK INK INK
INK INK INK INK INK
INK INK INK INK INK INK
INK INK INK INK INK
INK INK INK INK INK INK
INK INK INK INK INK
INK INK INK INK INK INK
INK INK INK INK INK
INK INK INK INK INK INK
INK INK INK INK INK
INK INK INK INK INK INK
INK INK INK INK INK
INK INK INK INK INK INK
INK INK INK INK INK
INK INK INK INK INK INK
INK INK INK INK INK

People ⓫

難童日記

陳彥增◎著

自序

一九六八年，老友馬戈在海外得子，取名「大江」，我以油詩賀之，並希望再來一「大海」作伴，果然幾年之後，「大海」就來了。二〇一〇年，我在西雅圖么女家中「守鰥」，在她家書架上看到一本以「大江大海」爲名的中文書，在「夜未眠」之際就取來看看，豈知看了之後，總是覺得「不是味道」。等回到台灣，又在書店裡看到了大學住宿時代，睡在我上鋪的李敖大師，出了一本措辭剛猛的「書評」。我自詡「飄鳥」，向來愛遊山玩水。李氏書評裡最令我傷心的，是他把那段歲月稱之爲「殘山剩水」，唉！「殘山」就「殘山」吧！國雖破「山河」尚在呀！孔子第六十四代孫孔尚任也曾說過「殘山夢最眞，舊境丟難掉」呢。貴就貴一個「眞」字——我敢「掛保證」，我這段難以「丟掉」的「舊境」，絕不會「騙人」。

爲了適應摩登一代朋友們的胃口，我用說故事的體裁起頭和收尾，算不得「媚俗」吧！

「故事」的前一半，曾在「萬歲評論叢書」中發表過，時間是在一九八五年五月到同年的十月底。「萬歲評論」是一本「月」書，由李敖「主導」，由於每期都被查禁，以致流傳並不廣。當時登出來的名稱叫「陳橋夢迴錄」，這是李敖自作主張，把我原來的「難童日記」給「動了手腳」。李敖在念高中的時候，作文曾經被老師改過，後來又被他改了回來。如今「改人者人恆改之」——我再把它改了回來。爲的是我這個人生來雖然不夠聰明（我非「智者」），卻不愛做夢（「無夢」）。可能是「李主導」一時大意，忘卻了當年在景新漢主編「文星雜誌」的時候，還曾採登過我一篇叫「夢鄉國」的反浪漫的「無夢論」呢。

不過，無論怎麼說，還是得感謝「李主導」。在那半年連載的篇幅裡，他還爲我附加了一些珍貴的歷史圖片，以示「童言不虛」。此外，對他不得不說聲抱歉的是「童年」還沒過完，日記就戛然停了下來。說來說去，正像他在我另一本小書裡，一針見血地說出我這個人「失之疏懶」——李敖評人一向是入木三分。

除了我個人之外，在這本書裡占去最大篇幅的就是母親了。她是十九世紀最後兩年出生的人物。她老人家一輩子沒進過學堂，卻給孩子們帶來了扎扎實實的「身教」，這身教也常被稱作是「打落牙齒和血吞」。她的遺像，至今還高掛在我個人書房的牆壁上。我眞想告訴她——她那段「苦盡甘未來」的日子，終於被我老老實實地整理出來了。對了，「善意」和「美感」還是其次，「老（眞）實」可是最要緊的了。老媽曾一再叮嚀我們——人千萬可不要說「瞎（謊）話」。在我剛剛跨過「童年的門檻」時，英文老師就告訴過我一句進口銘言：Honesty is the best policy.

目錄

【楔子】

從「天災」想到「人禍」

二〇一一年三月，日本發生了芮氏地震儀規模九的大地震，接著引發了海嘯，念小四的阿鴻才下課回家，看到大家在看電視轉播，看不到卡通的他好像有幾分失望。爺爺開口說話了：

「報紙上說，東京都知事石原愼太郎，竟然把這麼嚴重的天災說成了『天譴』，我看這下子可要被自己國人所『譴』了。」

阿鴻有些聽不懂，就問：

「什麼是『天譴』呀？」

爺爺耐心的解釋著：

「活在世上的人們，免不了總會有人做出一些不好的事來，做了壞事就該受到處罰，可是卻被他僥倖地逃過了。不過有些人相信在高高的天庭上，總會有一位主持正義公道的神明，祂遲早會對這些做過壞事而逃過一時的人們給予應得的懲罰。這麼說，你懂了嗎？」

「照這麼說，日本人做下了什麼壞事嘍？」阿鴻好像明白了「天譴」的意思。

「石原先生說這話其實是一種『氣話』，他是老一輩的人物了，他看不慣時下這一代日本的浮濫生活。可是像這種話就算出自中國人的口裡，都有失厚道，更何況他還是一位日本的行政長官呢。」

「同一句話，由日本人的嘴裡和由中國人的嘴裡說出來，爲什麼就不一樣啦？」阿鴻問得好像有道理。

「爺爺像你這麼大的時候，常常是一個學期要分好幾個學校念，總是爲了要躲避日本兵的追趕，到處東奔西跑，好在中國的地方還大，可躲的地方不少……」

「那要是不躲呢？」阿鴻看過的卡通，很少有戰火的畫面，才有這種問題。

爺爺像講故事一樣又繼續說下去。

「有一首在當時常聽到哥哥姊姊們唱的歌，讓我把它的歌詞念出來給你聽聽吧。」

高粱葉子青又青

九月十八來了日本兵

天譴說 東京都知事道歉

【編譯卓佳萍／報導】日本東京都知事石原愼太郎十五日舉行記者會，爲自己前一天宣稱「海嘯是天譴」的言論公開道歉。他在記者會表示，「對於我言論所傷及的受難者，本人在此深深致歉」。

法新社報導，石原十四日被日媒問到對強震的看法時表示，「湧入超市搶購等愚蠢現象，不應該是日本人的行爲」。

他接著又提及前一陣子日本許多老人下落不明其實早已往生的問題。他表示，國人近來變得貪婪，有人爲了多領政府發放的父母養老金，而隱匿至親死訊。他說：「日本人的主體意識已淪爲私欲，在政治上也搞民粹主義。有必要好好利用海嘯，一次洗滌掉私欲，那是長年累積的日本人心靈汙垢。我認爲，這畢竟是天譴。」

此言一出，立刻引起大批網友及民眾反彈，痛批石原毫無同情心，居然挑這時候在災民的傷口上撒鹽，揚言要他滾出日本。

石原十五日立刻開記者會道歉，替他的「天譴論」一說消毒。他在記者會中表示，看到政府如此致力於拯救核災以及尋找災後生還者，應收回自己昨日不當的言論。

七十八歲的石原在十一日強震發生前宣布參選，將尋求第四次連任東京都知事，但此次失言事件勢必影響他連任之路。

二〇一一年三月十六日《聯合報》。

天譴說之後石原倡用電自肅

東京特派員陳世昌

「柏青哥（小鋼珠）與自動販賣機所消耗的電力，竟然是福島核能電廠一座的發電量，這真的是荒唐，必須要自肅才對。」十日的日本統一地方選舉，以壓倒性優勢擊敗對手獲得四選連任的東京都知事石原慎太郎，在當選後記者會上公開他的節電對策。石原慎太郎認為，日本人有必要修改過去奢侈浪費的生活習性，首都東京將率先從減少自販機與柏青哥店做起。

石原慎太郎四年前三選時就表明「只會做完三任」，這次選前也多次表達倦勤之意，讓許多石原迷擔心：「廉頗老矣，尚能飯否？」

石原雖然在地震發生後失言「地震是天譴」，仍以百萬票差距擊敗對手，成功連任。

石原的個性也反映在他的政治立場上。他鷹派色彩鮮明，常與日本的大中國主義論者發生衝突，例如他否定為南京大屠殺道歉，主張日本擁有釣魚台主權，對北京批判更為嚴厲，讓中共視他為眼中釘。

如果東京可參加八大工業國家（G8）的話，可擠掉一個加拿大；東京生產毛額超越了四小龍與菲律賓、泰國、馬來西亞七個國家的總和，每年的東京都預算相當於一個澳洲。讓石原慎太郎繼續主持都政，東京人用選票表達他們的信賴。

二〇一一年四月十二日《聯合報》。

先占火藥庫
後占北大營
殺人放火眞是兇
殺人放火眞是兇
中國的軍隊倒有好幾十萬兵
恭恭敬敬地讓出了瀋陽城
……

「啊，殺人放火好可怕呀！」阿鴻眞的聽進去了。
「還有另外的哪，」爺爺接著又念道：

日本鬼子的大炮
轟壞了我們的家
槍殺了爸爸吶
又拉走了親愛的媽媽

叫爸爸也不答應

叫媽媽也不……

「好可憐啊，拜託別再念下去了吧。」

爺爺停住了，接著又說：

「『九一八』已經是整整八十年前的『歷史』了，這次日本所遭逢的大難，可說是道道地地的『天災』，然而當年在別人的國土上所做出來的那些壞事，卻是一場不折不扣的『人禍』，爺爺自己就是這場歷時十多年『人禍』的見證人，也曾斷斷續續留下過一些記錄。你要想看的話，等放了假再說。不過，我話可先說在前面：這可是『歷史』，不是『故事』。故事是可以加油添醋的，說起來比較好聽，你還想看嗎？」

「我倒想看看爺爺小時候的中國又是個什麼樣子。」

總算放假了，阿鴻看到了爺爺留給他所謂的「歷史」。

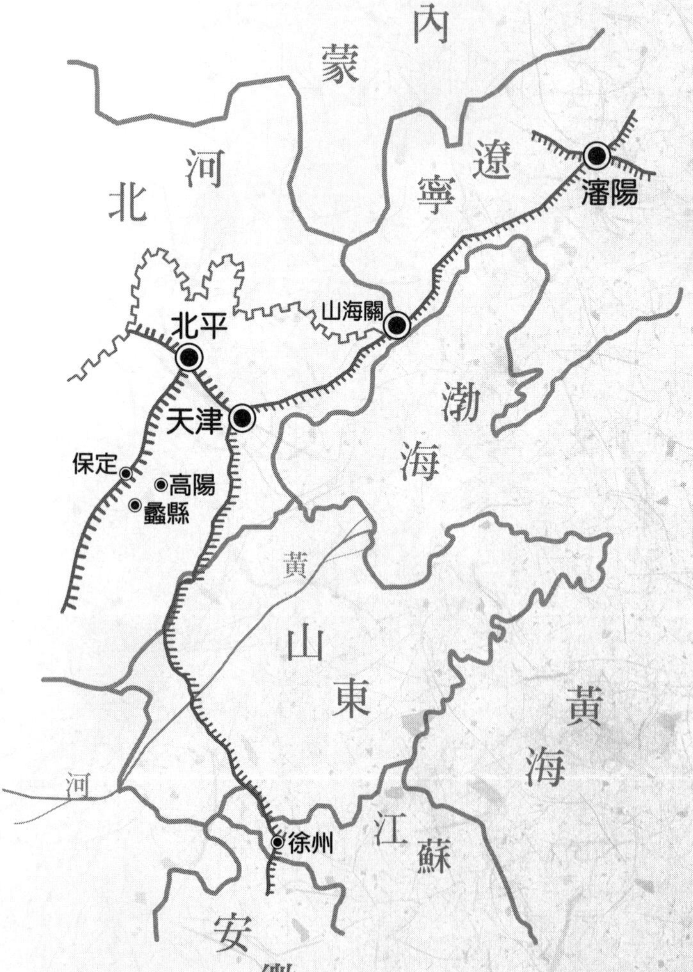

內
蒙
河
北
遼
寧
瀋陽
山海關
北平
天津
保定
高陽
蠡縣
渤
海
黃
山
東
黃
海
河
徐州
江
蘇
安
徽

1 北國之冬（一九四二年）

北平鎖鏈胡同　十月×日

聽人說學校裡有很多小朋友可以在一起玩，我在家裡太沒趣了，眞想去上學。可是媽說我們在北平待不了幾天了，她說過很多次要帶我去南方找爸爸，爸爸正在那邊和日本鬼子打仗。這件事媽還叫我千萬不能跟別人講，因爲在北平就有很多的日本鬼子。

媽從吃了晌午飯就出去了，直到天黑才回來，從她的臉色看來，大概今天又沒有接著爸爸的信。本來爸爸的信都是寄到大姑奶奶家裡來的，可是有一次她爲這件事和媽吵了起來，她說看在沾點親戚的分上，才讓我們在她家裡住了下來，這一來可讓她擔待了多大的危險，還要在她家裡公開和南方通訊，這不是存心在害她……從此，爸爸的來信就不再寄到大姑奶奶家了。

老家的日子　十月×日

媽今天又做了一整天的活，大姑奶奶顯得很高興，她常誇媽做起活來眞有兩下子，又精又細又快，一個人能頂得上三四個人。她開了幾年的工廠，眞不容易找到這麼一個好幫手。

媽一邊做著活，一邊和趙嬸她們聊起老家的事。聽她說老家裡包餃子和餡的時候，油不是倒進去的，是滴進去的。在油缸裡泡著一根拴著個制錢的細棉繩，要用油時，就提起繩子滴上幾滴。孩子們嘴又饞，卻不敢花錢買東西給我們吃，爲了怕別人笑話，有幾次媽買了幾塊豆腐來加菜，就傳出了「陳官家的媳婦眞不會過日子」的惡名。

聽媽說老家的地裡出棉花，當地人管它叫「穰子」，每到收成的時候，家裡就把它捆成一大綑一大綑的，再由婦人們背到四十里外的高陽城裡去賣，高陽城裡有很多織布的，織出來的布有人叫作「愛國布」。背「穰子」的婦人們二三十歲以上的都是小腳，她們都是當天走路來回。這是每一家做媳婦的都要做的事，一方面也是爲的亂世能留在鄉裡的男丁實在太少。那家的媳婦不做這件事，就有人笑話你好吃懶做。

趙嬸她們還以爲媽是吃不了老家的那份苦，才跑到北平來的，其實我知道她圖的是找爸爸比較方便，才先帶著我到大姑奶奶家裡住下來。她還說在老家吃苦倒是小事，叫人待不下去的緣故，主要的，還是爲的那裡實在不太平。常有些帶槍帶刀的爺兒們，有的說他們弟兄們爲了打日本鬼子要花錢，有錢的得捐幾個，捐不出來的，他們常會把人給綁走，然後通知家裡的人拿錢來贖，要是過了他們的期限，他們就會派人先送一隻耳朵給你，再過一天，又送一隻……

日本鬼子的大炮　十一月×日

今天媽又遇到了一位剛從老家跑出來的大娘，聽她說起老家的情況愈來愈糟了。白天裡鬧日本鬼子，晚上鬧「游擊隊」。日本鬼子在進村子以前，總是先放上幾聲大炮，老百姓一聽見炮響，就丟下傢伙往村外跑，朝著炮聲相反的方向跑，一直跑到聽不見炮聲槍響，見不到日本鬼子的影子才敢停下來。挨到天黑，鬼子會自己撤走，因爲他們怕游擊隊會摸進來。

聽說有一次日本兵沒有撤，到了夜裡游擊隊眞的就趁黑摸進村子來了。擄走了幾個日本鬼子，把他們的耳朵一個一個地穿了起來，串成一串，用鐵絲牽著他們，這樣他就跑不掉了。可是那該有多痛呀！眞叫人不敢相信。

又有一次，在早上的時候，鬼子兵來了。聽到了炮響，村子裡有幾個膽大一點的鄉紳不想跑了，他們各人手裡拿著一面「膏藥旗」。站在村子口上去列隊歡迎。等日本兵進村子的時候看見了他們，像要找他們出氣似的，在各人的頭上澆了一些汽油，接著劃了根洋火，這些人就給活活地燒焦了。聽了這些事，眞叫人心裡發麻。

更叫人不舒服的是聽說又有一次，一個剛生了孩子不久的大嫂，也在跟著大夥跑，她懷裡抱著兩個包袱，一個是她事先收拾好的一些家裡比較値錢的東西，另一個是自己生下來沒有幾天的孩子。因爲身子虛弱，一直落在大夥的後頭，可是誰也顧不了誰，跑了一段路，她實在受不了了，她坐在一口井旁想喘口氣。爲了想接下去跑得更快一點，她打算不帶東西了，先把它藏到井裡去，等回來的時候再想著撈起來。她便向井裡扔下了一個包袱，接著又跑了。等到了另一個歇腳處，在一棵大槐樹下，她想起是該給孩子吃奶的時候了，打開懷裡剩下的那個包袱，這才看出來自己所抱著的並不是自己的孩子。

日本鬼子的大砲（李敖提供）。

媽媽的假日　十二月×日

好不容易大姑奶奶今天放了媽一天的假，媽帶著我上南苑去了一趟。媽說我是在南苑出生的。在家裡，我算是最小的一個。媽生過不少的孩子，本來我應該還有好多個哥哥姊姊的，可是在兵荒馬亂裡，他們都沒有長大，很少有活過兩歲的。我一個人在家裡時常覺得有些悶得慌，總是想到要是能有個兄弟玩伴該多好。聽說老家還有一個姊姊，她雖比我年紀大了很多，身子卻一直不太好，常鬧病。媽常後悔沒能把她帶出來，常聽媽嘆著氣說：「一家骨肉，三處分離。」每想起這些牽腸掛肚的事來，她總是禁不住暗自落淚。

在我出生的時候，聽說爸爸也在身邊，那時候他正好在南苑一帶駐防。我實在想不起爸爸的模樣了，媽給我看過他的相片。我眞想看一看他騎馬打仗的神氣，那一定很威風。

聽媽說南苑的房子鬧過鬼，心裡雖然有點怕，我倒眞想能看見鬼。因爲有人說這個世界上根本就沒有鬼，要是眞的這樣，那人死了以後不也就一切都完了嗎？這樣人和爛草枯木又有什麼不同呢？雖然大家都說世界上有很多不如意的事，我想還是人死了能變成鬼才好。至少做了鬼還能留在世界上，能接著再看看自己還沒有見過的東西，能玩玩自己還沒有到過的地方。

2 雛燕南飛（一九四三年）

雪戰　一月×日

昨夜裡又下了一場大雪，早晨起來看到房簷下結了一排的冰柱。地上除了大院裡的那口井以外，都像是鋪上了一層厚厚的棉花。媽說家鄉的雪景更好看，那裡沒有山，沒有高樓，每當下了雪以後，向村外望出去，總只見一片看不到邊的白色。聽說海也是看不到邊的，只是海是藍色的。媽也告訴我北戴河就靠著海，我也去過，是跟爸爸去的，可是我怎麼一點也記不起來了。

小泥鰍來找我跟他們出去玩雪，我去了。我們一共有七八個人，大夥在胡同裡堆起一個大雪人來，玩得好高興。忽然胡同口來了四個小鬼子，三個排成一行，各人的肩上扛著一根短棍子，另一個個高一點的走在一旁，扛著一面「太陽旗」。他們像是在出兵操一樣地走過來，一副好神氣似的樣子，小泥鰍說他們是在裝日本憲兵巡街呢。

「日本鬼子碰到憲兵都要敬禮的。」小泥鰍說。

「敬禮？」鐵蛋有些不服氣地說：「門兒都沒有，就憑這幾個小鬼子敢碰碰咱們，非把他一個個的揍趴了不可，別那麼孬了好不好！」

說著說著幾個小鬼子已經走到了我們的面前，他們停了下來，一個個嘴裡嘰哩咕嚕地不知道在說些什麼，我們都聽不懂，沒有人理他們。

那個扛旗的最不講理了，把我們堆得好好的雪人拳打腳踢地給弄毀了。幾個小個兒的也把他們的棍子橫舉在自己的頭上，跟著瞎起鬨。這下子可惹惱了鐵蛋，他扯住了那個拿旗的衣裳，狠力地向後一推，叫他倒退了好幾步。一屁股坐在厚厚的雪地上，地上陷下去一個深深的圓印子。我們也跟著動起手來，各人抓起了地上的雪，對準他們的臉上砸了過去。他們退到了拐角，和我們打起雪仗來。他們人少，自然不是我們的對手，不到一會工夫，眞的都被我們打倒了。我們沒有饒過他們，跟上去把一大把一大把的雪往他們脖子裡灌下去。雪進了衣裳一定會化，順著褲襠流下去，準叫他們像尿了褲子一樣難受。他們好不容易爬了起來，一個個趕快跑回家去，我們贏得好光彩，大夥又回來重新堆起我們的雪人來。

不一會又聽見小泥鰍在嚷著：

「不好了！他們把他爸爸的武士刀扛出來了！」

鐵蛋一看不妙，也叫著：「眞的，那傢伙是專門砍人腦袋瓜子用的，快跑！」

我們一面拚命地往家裡跑，一面回頭看，只見還有一個日本婆子跟在他們後頭，大概是他媽吧，她奪回了小鬼子肩上的長刀，把他們一個個都轟了回去。

以前我不懂什麼叫「打游擊」，鐵蛋說今天我們就是打了一場小游擊。

迷人的火車 一月×日

這幾天媽的精神特別好，我想不是爲了過年，大概是爸那邊有好消息來了。一連好幾天，她往外跑得特別勤。她每出去一趟，我就有一套火燒夾肉可吃，她說她出門都是走著來回的，好省下坐電車的錢帶些點心給我，怪不得她一出去就要耽誤那麼久。

聽說爸爸現在正在皖南，到那裡去要坐上好幾天的火車。我最喜歡坐火車了，特別是火車頭所發出的震耳聲響最叫人著迷了。平時在家裡找不到什麼好玩的東西，常想法子收集一些木頭盒子，把它們一個連一個地接起來，在地上拖著跑，每隔一段路，也設了一些站牌，媽常說：「我看你長大了就去開火車算了！」

火車開了　三月×日

一大早我們眞的到了火車站，人眞多。媽領著我跑了好幾個地方，等了很久才上了車，在車上又等了老半天才開。還沒有出門的時候，媽就一再囑咐我說：「路上要是有人問起來，就說我們是回南京奶奶家去，我們是到北平姥姥家來過年的，因爲老人家身子不太好，我們就多耽誤了幾天。」我知道這全是瞎話，我眞怕講錯了，心裡一直嘀咕著。幸好沒有碰上有什麼人問我這些，都是媽在和人家說話。我們經過了好幾處檢查哨，那些人顯得好囉唆，問了很多話才讓我們過去。上了車，媽才總算鬆了一口氣說：「要出一趟門可眞不容易！」

好不容易挨到火車開了，我眞高興極了，要不是媽塞東西給我吃，我連餓都忘了。車上到處都是人，我被擠在窗戶邊，捨不得放過窗外每一個在不停變換的景致。我記下每一個靠過的站名，到天津的時候已經是夜裡了。聽說我們不必換車，只要等著換個火車頭，就可以接著往南邊開了，眞可惜天實在太黑，外邊什麼也看不見，只覺得火車一下子向前走，一下子又往後退，又停了好半天才開走。要不是媽催了我好幾次，我才不肯闔起眼睡覺呢。

黃鶴樓前的往事　三月×日

今天過了一條好長好長的橋，人們說是黃河鐵橋，火車過橋的時候聲音特別大，聽不到黃河的水聲，大概是水面都結冰了。

有人說昨天夜裡車上有「老總」（即如今所謂的「阿兵哥」也）來查了好幾次，有的是來查「良民證」的，有的被盤問了很久，有幾個坐車的人被帶走了。可是我睡著了，什麼也不知道。

媽說昨夜的事，我沒見著也好。她說我最心軟了，她又向人提起以前在漢口的那回事來。原來我是在那裡開始會講話的，想不到我說出來的第一個字居然是個「怕」字，聽起來眞叫人不好意思。她說：

有一天我們全家過江到武昌黃鶴樓去玩，回來的時候江上起了風，大家都上了輪渡，船艙裡有一個穿得破破爛爛的老太太，正在向坐船的人們伸手要錢，後來來了一個船上管事的人，兇巴巴地要轟她出去，船已經離岸了，當她快要邁上甲板的時候，江面上忽然打來了一個大浪，船身一歪，她摔倒了，把要得的銅板撒得滿地都是，她倒在地上哭了起來，我們家的老么（就是我）也「哇」地一聲哭了，大家以爲是被嚇哭的，因爲孩子的嘴裡又迸出了「我怕！」兩個字，這還是有生以來的第一句話，做媽的趕快把他抱在懷裡哄著，可是孩子又掙脫了，在地上爬了過去，撿起了一個銅板，交給了老太太……

「老總」把火車上的人帶來的時候，想必要比船上的人更爲可怕，因爲都是帶著槍的。好在昨晚我一直都在睡覺，不過這回我已經長大了，就是看到了，我想也不會再哭了吧！一個大男人家動不動就哭，是會叫人笑話的！

徐州車站　三月×日

今天好險啊！差一點我就跑丟了。

火車停停開開地快到徐州了，聽幾個「跑單幫」的人說，這一趟車要在徐州停很久很久。爲的是往後的一段路常常不太「安寧」，要等「護路隊」的消息。一些做買賣的就趁這個機會下車，到站外去「換票子」——往南去的人都是把北邊的票子換成中央軍的「法幣」，好到那邊去花用。媽想起自己的身邊也帶著一些該換的票子，要是不去換掉的話，眼看著不就變成廢紙了嗎？她把我託付給旁座的一位大娘，準備自己快去快來。

車到了徐州，經過打聽，果然說是要停個把鐘頭。媽下去了，旁座的大娘拿出幾個蘋果給我吃，我好不容易地吃了一個。她不斷地找我說話，後來我有點煩了，不斷地向窗外望去，在來來往往的人群裡，希望能找到媽媽的影子，可是總是看不見。

我想過了那麼久，個把鐘頭也該到了，實在急死人了。那位大娘她要替我下去看看，叫我千萬不要走開。

車站響起了廣播，說十一點半就要開車了。我也不知道離十一點半還有多久，我只記得車站一有要開車的廣播，離開車的時間就不一會兒了。這個時候還不見媽上來，我非得去找她不可了。我不顧一切地擠下了人堆。跑遍了幾個進出口，向外張望，沒有。沒有媽，我是不能上車的。我在像一隻沒頭的蒼蠅一樣到處亂竄。好像有人向我問話，我也沒有理他。最後只聽到「嗚！」地一聲火車開動了，我呆在那裡。就在這時，我聽到有人在叫我，我認出那正是媽的聲音，我向原來的車廂望去，原來媽和那位大娘都在窗口。我跑近了愈開愈快的火車，不知道被誰推進了車門，從好幾個大漢的胯下，我鑽了進去，又投進了媽的懷裡，媽緊緊地摟住我，拍著我的腦袋，好久好久說不出話來。

落難的人潮　三月×日

車上好擠，聽人說這還算好的呢。有時候車頂上以及火車頭上都爬滿了人。有一個大爺兒們說，他在一次往西安去的路上，眼看著火車進山洞的時候，把車頂上的人一個一個地給刮了下來，他還說就像刀削蘿蔔皮一樣。聽起來眞叫人難過。

抗戰時的火車（李敖提供）。

車到了浦口的時候，天又快黑了，還要過一條江才能到南京，我原以爲坐完了火車，到了南京，大概就可以見著爸爸了。媽悄悄地告訴我：南京早就給日本鬼子占了，爸是來不了的，我們還得想法子到蕪湖去。

我們沒有趕上過江的渡船，就在碼頭的附近過了一晚。聽說火車也可以過江，這倒是很稀罕的。

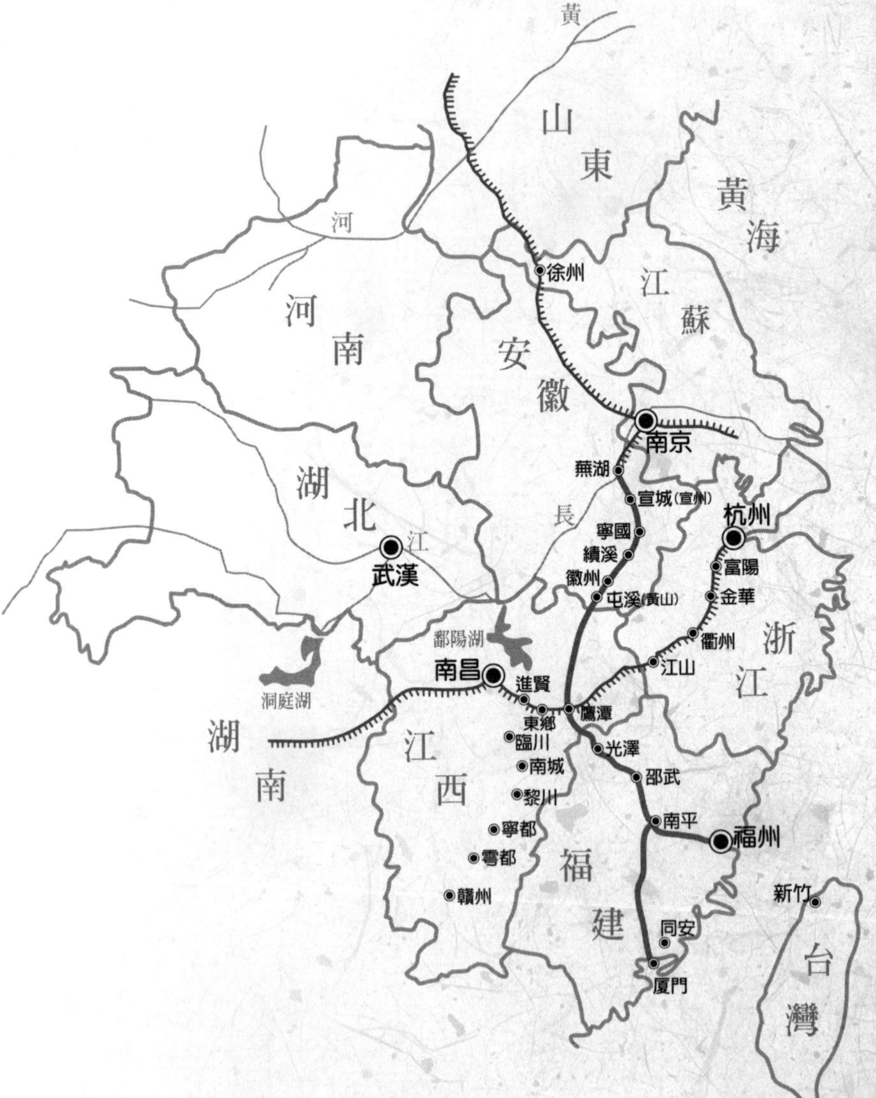

黃
山
東
黃
海
河
徐州
江
蘇
河
南
安
徽
南京
蕪湖
宣城(宣州)
湖
北
長
杭州
寧國
江
績溪
武漢
富陽
徽州
屯溪(黃山)
金華
鄱陽湖
衢州
浙
江山
南昌
江
洞庭湖
進賢
東鄉
鷹潭
湖
臨川
江
光澤
南
南城
西
邵武
黎川
寧都
南平
福州
雩都
福
新竹
贛州
建
同安
台
廈門
灣

3 春到江南

輪渡 三月×日

長江可眞寬啊，我們坐在輪船上搖搖擺擺，很怕人，很難受，還看到有人吐了。船到了一半的時候看不到岸邊了。媽把我摟過去，叫我不要往外看，她說愈看會愈害怕。上船的時候倒覺得船還滿大的，可是等開到江心的時候，才看出它實在太小了。艙裡擠得到處都是人，大家都找地方坐著，找不到的就蹲著。有背包袱的就坐在自己的包袱上，有挑擔子的就坐在自己的扁擔上。媽叫我少講話，怕被別人認出我們是從北方來的，會惹麻煩。

上了岸，我們到了下關碼頭。每個人都要排隊打針才能出去，遠遠看過去，那幾個給人打針的人一個個都是一臉兇相，他們打的針一定很痛，媽向我低聲地說，要是怕，就試試看能不能先溜出去，可是我還沒有溜出幾步，就讓一個大個子給逮住了。他吼著說：「小鬼！難道你也相信打了針就不生孩子嗎？告訴你吧，這是打的叫你不生病的針！」眼瞅著一個大針頭就朝我胳臂上扎下去，「喝！真痛！」

在我左邊的肚皮上連著起了四五個大小水泡，癢得人要命，媽說是昨天睡的地方不乾淨，怕是被蜘蛛之類的毒蟲爬進衣服裡去撒了尿。要不然就是水土不服，她還說北方到了南方來弄不好會打擺子（即瘧疾）。打起擺子來一會兒發冷，冷得發抖；一會兒又發熱，熱得渾身冒汗。實在不是滋味，希望我們不要碰上。

嚇人的活埋　四月×日

爲了要打聽往後的路程，我們在下關又停了幾天。從這裡到蕪湖聽說可以走水路，也可以走旱路。走水路就又要坐長江的輪船，走旱路是坐火車，我跟媽說，我們還是坐火車的好。

南京應該是南方很熱鬧的地方才對，可是在這幾天裡並沒有看到什麼好玩的去處，

日本鬼子在南京活埋中國人（李敖提供）。

比起北平來可要差得多了。在街上常看到很多穿得很破爛的窮人，聽說有很多有錢人都跑掉了，他們是怕日本鬼子的。又聽說日本人才到南京的時候殺過很多中國人，有些是用砍頭的，有些是用活埋的，就在南門外一個叫雨花台的地方。一個人要是被活埋到土裡，該有多難受，眞不敢去想它！

江南風光　四月×日

從南京到蕪湖的火車要比別的小一些。車上的人也沒有像以前那麼多了，比坐輪船要好過得多了。

春天到了，人都說江南的春天很美，坐在火車上不斷地向著窗外望，除了可以看到一些新抽芽的綠樹外，還看到一些殘缺不全的房子，有的連屋頂都不見了，有的只剩下一道倒了一半的牆壁，很多都是黑色的，都是被火燒過的痕跡。

在蕪湖，我們找到一家糧行，由看棧房的那位先生替我們安排到宣城青田山去的路。他說再過三兩天我就能看到爸爸了，我眞高興。我問他到底是三天還是兩天？他說那就要看這一路的情況來定了。明天上路以後，要能順利過了灣沚就好了。要是這條路不通，就得繞小路，那就得多花一天時間。他又說不管怎麼樣，他總會把我們送到就是了，叫我們放心聽他的安排。

單輪車上　四月×日

一清早，我坐上了一種奇怪的車子，只有一個輪子，架在車子的中央，兩旁是坐人或載東西的地方。左右有兩個扶手伸向車後，車伕就抓住扶手向前推著走。我就坐在一邊的行李上，另一邊就是幾件用繩捆著的大件東西。棧房的那位先生本來是要媽抱著我坐的，可是媽說她還走得動。她說別看她是一雙裹過的小腳，走起路來還不至於落到「老爺兒」們的後頭。她又提起以前在老家背「穰子」的事來。她說當時在大熱天裡不還是走著來回的嗎？何況如今背上又什麼也沒有呢！

過了灣沚，天就快黑了。灣沚的房子倒有不少，可是見到的人並不多。棧房的那位先生說這一帶是「陰陽界」，意思就是說日本鬼子和中央軍的界線。聽他說我們這一趟的運氣眞好，這幾天都沒有什麼來查哨的，一路上才會很平靜。日本兵才往九里山調動了不久，他們在那一帶打得很厲害。這一條路他時常走，那裡有什麼情況他都清楚得很。上兩個月，他才送部隊上一位叫「王老好」的一家子打這裡過去，車伕說蕪湖的糧行簡直像個「鏢局」（以前受雇保護雇主運送財物的行業），而這位棧房先生就像個「鏢師」一樣。

媽問帶路的棧房先生，那位「王老好」的太太說起話來是不是有些結結巴巴的？他說「是呀」！原來那位「王老好」就是爸爸的好同學、好朋友。幾年前在信陽、在西安，我們兩家人常在一起。後來部隊經過保定，媽就帶著我回了一趟老家，這才和他們分開，媽很高興他們也來了。以前的這些事，我一點也記不起來了。

想到明天晚上就可以看到爸爸了，我眞希望大家能再走快一點。我想爸爸一定是騎著一匹又高又大的馬，一副威風十足的神氣，他也一定很高興見到我們。

晚上我們住在一個小村子裡，帶路的棧房先生說，走這條路最好不要住人多的地方，我們住的那一家只有一個老公公，一個老婆婆。原來他們家裡還有兩個兒子，一個被抓「壯丁」的抓走了，另一個跑掉了，跑到那裡去，他家裡的人也不知道。我們住的屋子裡點著一盞油燈，燈火像一顆黃豆一樣，看不到稍遠的地方，眞有些怕人，我叫媽臨睡的時候不要把燈吹滅，她哄著要我睡，還說今晚她要一直守著油燈，不會睡的。一想起明天的事，我也有點睡不著。加上肚子上的水泡昨天破了，紅了一大片，很痛，更不好睡。

媽媽的懲罰　四月×日

到青田山已經有四五天了，可是還沒有見到爸爸的影子。

到這裡的第二天，我被媽狠狠地罰了一頓。我滿以爲當晚就可以見到爸爸了，可是來接我們的「王老好」大爺說，爸爸去參加一次攻防演習了，第二天才會回來。當晚我就不和人講話了，第二天因爲還沒有見著爸爸，我就不吃早飯了，直到中午我還是不肯吃，又故意把醫官給我肚子上敷好的紗布扯下來，這下子媽可發脾氣了，她說：「誰不比你更想見到你爸爸？難道你眞想餓死嗎？」

王大娘聽說我被罰了，含著眼淚過來拉我到她家去，叫她家的孩子們陪我玩。她家裡的孩子可眞多，一共有五個，四個都比我大，聽她家的三哥說，我爸爸根本不是演習去了，是打仗，是打鬼子，要是打個大勝仗回來，可眞夠光彩的了。

這幾天常見王大娘陪著媽結結巴巴地說話，她說多年不見了，老姐倆要好好地聊聊，等孩子的爹回來了，她就少來招人麻煩。媽說他們兩口子心腸很好，所以誰都知道他們叫「王老好」。

爸爸的下落　四月×日

已經是第七天了，還是沒有爸爸的消息。我把王家三哥的話告訴了媽，媽說她早就料到一定是這麼一回事，既然孩子們都知道了眞相，她可有理由找王大爺說實話了。

晚上王大爺又來看我們了，他說話的時候喉嚨都有點啞了。

「算了吧，王大哥，別再瞞著我們了，你看我們娘兒倆千山萬水的打老遠趕了來，你老弟萬一要是出了什麼差錯，也好讓我們早做個心理準備呀！快說實話吧！」媽好像是說這些話。

可是王大爺還是叫媽不要信孩子們的話，這幾天他已經派人到處打聽演習的情況，明後天一定有結果回來，爲了這件事，他把嗓子都急壞了。

勤務兵　四月×日

晚上，王大爺帶著一個滿臉鬍碴子的大高個兒來了。

「弟妹，你看這是誰？」王大爺扯著啞嗓子說。

媽愣了一下，叫了一聲：「王雲山，怎麼你還在跟著老連長嗎？」

「報告太太，不是老連長，該是老營長了。當然，營長待我們跟親哥兒們一樣，我不跟他一輩子，叫我跟誰去？呵！這就是小少爺吧，已經長得這麼高了！」說著他把我抱了起來。我看他從左肩到右胯上背著一個木頭盒子，我知道裡面是一把手槍，他的軍衣上破了好幾個大洞。他說他以前抱過我，他是爸爸多年來貼身的勤務兵。

「老營長明天不到，後天一定到。」王雲山說出了最可靠、最好聽的消息。「太太一路上可辛苦了，老營長合計著太太們已經到了，怕你們著急，打發我先來了，我一天一夜連趕了一百四十里。」

王大爺接著說：「咱們老弟可眞有兩下子，只帶著百來十個弟兄，被困了四天四夜，單憑著出奇制勝，就摸黑衝出來了。這就好了，我可撂下這個心了，總算有了個交代，弟妹可不會怪我扯的謊了吧？」

媽說他的嗓子都急啞了，自己還有什麼話說呢？又叫王大爺少說兩句，好好養嗓子吧！

聽王雲山說爸爸胳臂上還掛了彩，不過不太礙事，只是一點輕傷。他們突圍的那夜裡，是爸爸叫弟兄們收集了幾支三八式的日本槍，用了一種叫什麼「聲東擊西」的法子衝出來的。日本鬼子剛一聽到槍響的時候，還以為是他們自己人放的呢。等到他們覺得不對勁，卻也來不及了。

膽小鬼　四月×日

我很喜歡王雲山，從他那裡，我能聽到很多爸爸打仗的事。除了他以外，爸爸還留了一個勤務兵給我們。他叫藍春芳，我們到了青田以後，家裡就是由他來做飯。有空他還帶我出去玩玩，聽王家哥哥們說，別瞧他還是個山東漢子，膽子可小得要命。他最怕鬼子的飛機了，一聽到拉警報，他兩條腿就打哆嗦。本來他是營部的傳令兵，就是爲了膽子小常誤事，大概是爸爸也算準了我們快要來了，就沒有帶他上九里山去。有一次我問他，怎麼一個大男人取了個像娘兒們的名字？他說：「俺原來才不叫這個鬼名字呢。這是俺頂的別人的名字。當初俺在曹州府，媳婦過門還不到一個月，有一天俺上街去打油，就讓抓逃兵的給抓來了，害得俺連回家說一聲都不行。到了部隊裡，俺就成了『藍春芳』，碰到上面來點名，叫到『藍春芳』，俺就答應『有』，倒楣的是被抓在『張剝皮』的部隊裡，那傢伙可眞是個活閻王，頭幾天還想開小差回家看俺媳婦，後來看到別的開小差被抓回來的，眞的就給剝了皮，就再也不敢打回家的主意了。到了鳳陽，俺得了一場大病，他們大概是以爲俺死了，就讓俺落伍了。幾天後我們營長帶兵打鳳陽過，看俺還有口氣，就叫醫官把我給救了，就這樣，俺才到了我們營長的部隊裡。」

我問藍春芳還想不想回家？他說算了。他的意思是說離家愈來愈遠了，老家早就讓日本鬼子占了。媳婦大概也不會在了，就是回了家又去找誰呢？

爸爸回來了　四月×日

爸爸眞的回來了，只見他一隻胳臂裹著紗布，還吊在肩膀上。我問他爲什麼沒有騎馬？他說一隻胳臂不方便，何況爸爸當的是工兵，又不是當騎兵。怪不得我到這裡以後還沒有見過馬呢，大概這裡沒有騎兵吧。

爸爸說幾年不見了，媽還沒有他想的那麼老。又說我長得很快。問我想要些什麼？我說想上學。他聽了很高興，說眞沒想到我會說出這句話，人家的孩子都是想逃學，咱們家的孩子倒眞有出息。其實我是想學校裡人多，好玩。他又笑著說想上學最好辦，過兩天就叫王雲山帶我到學校去見校長。說完，他又找了一本書，問我能認得幾個字？我把認得出來的都念給他聽了，他聽我念完接著說：「還不錯，咱們就打三年級念起好了。一二年級的什麼小貓跳小狗叫的，就算已經念過了，平常有空的時候，我再來教你念幾篇古文和幾首唐詩，說不定咱們家裡還能出個念書的材料，你爺爺就是滿清時候的『拔貢』（「拔貢」是指清代選拔各地學識優異之「貢生」，入京後可分等授職），還到山東當過縣長呢。」

媽問起爸這次怎麼被困，怎麼負傷的事，爸說他是當工兵的，打仗的時候，架橋和探地雷都得要走在前面。這一次等他帶著一連弟兄先上了九里山，隨後的步兵就被敵人給截斷了。被困到後來沒得吃沒得喝了，只好想個法子向外衝了。他的傷是在通過了鬼子兵的機槍陣地以後，鬼子們從後面打過來傷到的，要是早幾分鐘被鬼子們發現，有機會讓他們迎面開槍的話，他們就跑不出來了。好在這一次弟兄們的傷亡並不大，有幾個是摔到山溝裡才受傷的。

4 小學生

入學日　五月×日

王雲山帶著我到了學校裡，他說什麼，校長都說好。我眞的就上了三年級，跟王家三哥同班。原來人家都已經開學兩個多月了。我一到班上，就聽到有人在低聲地說：「你們看，又來了一個小『侉子』（『侉子』係中國南方人對北方人之鄙稱）。」王家三哥瞪起眼珠子對他們叫著：「誰是侉子？你們才都是一群小蠻子。」我原來是想到學校裡來找些小朋友們玩玩的，沒想到才一見面就像要吵架的樣子。

班上有好幾個癩痢頭，也有很多長疥瘡的，王家三哥叫我不要跟他們玩，因爲他們會傳染。其實我自己的肚子上不也是爛了一大片，還沒有好嗎？爸爸昨天還說爺兒倆都有傷，看樣子大概要一塊兒解繃帶了。

我拿到了幾本新書，裡面有幾張圖片一點也看不清楚，還有幾本簿子，聽說是這一帶出的宣紙釘起來的。老師說的話，有好多我都聽不太習慣，王家三哥說再過幾天就好了，他才來的時候也跟我一樣，現在他已經會用本地話背書給老師聽了。

第一天有體育課，是在操場上。老師說，這個學期到現在球還沒有買到，有的學生說他們自己帶來了，原來他們是想把用棉紗纏成的線團當球打，大家就用它扔著玩吧。老師說不行，太輕了，以後這些東西不許帶到學校裡來。接著老師要我們演習躲警報，只聽大家「啊」了一聲說：「又是老套」，原來每次上體育課，老師都是要大家這樣。只聽老師吹起哨子，長長的一聲，表示飛機快要來了，大家向四面八方快跑，我一直跟在王家三哥旁邊，跟著他學。我看到有人跑到田埂上，有人鑽進草堆裡，有的人大概是懶得跑太遠，就蹲在學校的牆腳下，又被老師趕走了。我和王家三哥躲在一棵大樹的後頭，樹上還爬上去了兩個，王家三哥說，等一下老師一定會揍他們的屁股。老師看到大家都躲好了以後，又吹了幾陣短聲，表示飛機已經到我們的頭頂上了，接著只見老師撿起幾個泥塊扔向天空，又掉下來，大概表示炸彈開花了，但見大家都抱住自己的腦袋，緊緊地趴在地上。過了一會，老師又吹起哨子，大家才各自跑到他的面前。老師對剛才上樹的那兩個小朋友說：

「胡小月，剛才你爲什麼往樹上爬？」

「這是玩假的嘛！要是眞的，我就不了！」

老師果然朝他屁股上打了一下說：「要是眞的，你早就沒命了！」又對另一個說：

「你呢？」

「我是想上去看看有沒有向日本飛機照小鏡子的漢奸。」

老師也在他屁股上輕敲了一下，說：「你們都有理。」

老師大概看出我是個新來的，問我見過日本飛機沒有？我說在北平南苑，我只見過幾架大飛機，不過那不是打仗的，聽說扔炸彈的飛機也很大。我又向老師說，我曾見過眞的日本鬼子，而且還跟小鬼子們打過架。我就把和小泥鰍們一起打雪仗的事說給老師聽，他聽了拍拍我的肩膀說：「不錯，很勇敢，也很聰明。」

吊人樹　六月×日

劉大叔今天要請我們一家吃晚飯，放了學，媽就帶我出去了，快走到營房口的時候，聽到幾聲「媽呀！媽呀！」的慘叫，嚇得我扯住了媽的手，不敢往前走了。媽說要去看看到底是怎麼一回事。進了營房，遠遠的看到一棵大白果樹（銀杏）上吊著一個人，手腳都用繩子捆著，像一隻死蝦一樣弓著身子。劉大叔兩手扠著腰站在一旁，另有一個人手裡提著鞭子，往吊在樹上的人的身上抽，從他沒有上衣的背上，看到一條條的血印子，連那根鞭子都染紅了。在我們剛進門的時候，好像還聽到他叫了一聲：「媽呀！我再也見不著您啦！」等媽帶著我跑到他們跟前的時候，鞭子抽下去，已經聽不到聲音了。媽三步兩步地跑過去，奪下了那個人手裡的鞭子，大聲地喊起來：

「怎麼啦，瞧你們把人家都給活活的打死了，還不肯罷手呀！」

劉大叔一看是我們來了，連忙說：

「眞沒想到大嫂來得這麼快，就算便宜了這小子好了，解下來，押一個月重禁閉！」

劉大叔陪著我們到了他的營部，不一會爸爸也來了，媽還在爲剛才的事氣憤地說：

「你們這些『老總』們，也該積點德好不好？誰家裡沒兒沒女的？」

「大嫂呀！老實告訴你吧，我這才眞的是在積德呢！開小差（逃兵）抓回來馬上就該就地槍斃的，你聽他不是還想見他娘嗎？槍斃了豈不只有見閻王了嗎？」

爸爸微笑了一下說：「算了吧，你們婦道人家以後還是少管我們老爺兒們的事。」

晚上的餃子我只吃了幾個，夜裡還在做噩夢，夢見那個被吊在樹上的人，背上的血一直不停地流下來，一滴一滴的落在一片乾巴巴的泥土上。

夜路　六月×日

王雲山晚上常帶我到隔壁的村子裡去玩，一到那裡，他就把我交給一群正在四合院裡玩耍的孩子們，有的時候在月亮地裡，大家蹦蹦跳跳地倒很好玩。王雲山每次一去，就知道找人去賭錢，有的時候是推牌九，有的時候是擲骰子，要不然就是打麻將。我找不到人玩的時候，就在一邊看他賭，他好像仗著自己個子大，常跟人吵架，看樣子別人也都怕他三分似的。

我們每次都是吃了晚飯快上燈的時候出來，一直到快該睡覺的時候才回去。在路上爲了快，都是他背著我走。尤其是在回家的路上，天黑了，要穿過幾道樹林子，陰森森的，很是怕人。有時還聽到「咕咕」的幾聲，王雲山說那是「夜貓子」在叫，我想大概就是書上說的貓頭鷹吧。我趴在他的背上一動也不敢動。雖然他背著我，我總還是在後面，心裡難免有些怕，我要他抱著我走，他卻說因爲前頭腰裡別著槍，不方便。我問他，爲什麼白天背在胯股上的槍，到了晚上走路就要別起來？他說，那是爲了怕夜裡有「截道的」（指攔路的搶匪），這些人都是冷不防地從林子裡竄出來攔搶，各人手裡都拿著一把很快的小刀，槍要是背在胯股上，他從後邊一上來，第一把就是撈住皮帶，接著一刀割斷了帶子，槍就被搶跑了。把槍別在前面腰裡，拔起來快。他愈說，我愈怕。還好，每一次我們都是平安到家。

警報　七月×日

早上正在上算術課的時候，忽然聽到拉警報了。全校的人都跑出來躲，防空壕裡擠滿了人。不一會緊急警報響了，大家都悶著不出一點聲音，在一陣安靜之後，忽然聽到一聲：「來了！怎麼只有一架？不像是來扔炸彈的……」又是一陣沉悶，隱隱聽到有飛機的聲音，愈來愈大，從聲音裡聽出來，確實只有一架，又有人在喊了：

轟炸中國的日本飛機（李敖提供）。

「不是來扔炸彈的，是來撒傳單的。沒事了，大家出來吧！」

幾個膽大一點的先從防空壕出來了，我也跟著往外看，但見一架漆著紅膏藥的飛機飛得很低，有人說是在照相。偏西北角上天空裡飄著一大片剛撒出來的傳單，有些孩子們想去撿，可惜離我們太遠了，大概都飄到鎮上去了。大家眼看著飛機又在天上轉了兩個圈子，隨即往東北角上飛走了。

晚上爸爸回來說，今天的日本飛機是衝著他們來的。他看到了有人繳上來的傳單，上面說，除非從九里山回來的中國部隊全部投降，否則他們要在一個禮拜之後，把這個青田山炸成平地，並且要老百姓們快想法子躲一躲。

我說，既然知道他們一個禮拜以後要來，爲什麼我們不派幾架飛機上去和他們打一仗呢？爸爸說，要是我們能派得出來，他們也不敢事先來通知我們了。小日本眞是欺人太甚了，眞是太猖狂了。

5 丘八

軍營裡　七月×日

爸爸今天帶我到他營房裡去了，找李特務長教我算術，班上已經開始教乘法了，可是以前我還從來沒學過算術，當然跟不上別人。

在爸爸的屋子裡，我聽到有一個大兵喊了一聲「報告」，就進來了。我歪頭一看，那人雙手遞上了一個紙條，爸爸看了一下說：

「怎麼才關餉不到十天，又要借錢了，準是推牌九又『抓敝十』（賭場術語，代表最低的點數，一定要賠給對方）了。不能借，可把你們都給慣壞了！」

那個人沒說話，把紙條收回來，敬了個禮轉身出去了，可是爸爸又叫住了他：

「郭成舉，回來！給我說老實話，你借錢是不是去當賭本？」

「不是！」

「那你下個月的餉先借了，到時候你還花什麼？算了，這幾塊錢先拿去零花吧！也別批條子了，就算我該你的好了。」說著，爸爸從口袋裡掏了幾張鈔票出來。

「我不要，我知道太太打老家來了，營長家裡也少不了要花錢。」那個叫郭成舉的噘著嘴說。

「叫你拿，你就拿去吧！免得你窮急了眼去打歪主意，家裡花也少不了這幾塊錢！」

「那我拿一半好了，關了餉我一定還您。」眼看他笑呵呵地走了。

李特務長說這個姓郭的是個倔小子，手上的錢也不能多，多了他就燒包。

酒徒　八月×日

我以後再也不跟王雲山出去了，他總是愛惹事，今天可把我給急壞了。

今天是禮拜，早飯後，王雲山就帶我去十里外的鎮上。那裡好像在趕集的樣子，有很多人，也有很多賣東西的，非常熱鬧。

在一個小酒館裡，王雲山喝了不少酒，只見他脹得滿臉通紅，說起話來吐沫亂噴，滿嘴都是酒味，又是特別愛說話。看樣子他大概是喝醉了，我一直催他快送我回家。在滿不高興的樣子下，他總算帶著我離開了。當我們走到河邊的時候。他吆喝著對岸的渡船，要他擺過來載我們過去，也許是船老闆要在對岸等客人，過來得晚了一點，等他搖到我們這邊，王雲山一上船，就先劈頭打了人家兩個大耳光。挨了打的船老闆還一直在賠不是地說：

「對不起，老爺，莫打人了，我這馬上就送你們過去！」

可是王雲山在船上還是一直不住嘴地罵著：

「看你們這些死老百姓，實在是勢利眼，是爲了我們不給渡錢是嗎？」

船老闆一面搖著槳一面低聲下氣地說：

「爲老爺們做事是應該的，我們怎麼敢收錢呢？我這裡一向是不收老爺們的錢的。」爲了表示他的誠意，他還一邊說，一邊使著大勁加快地向對岸搖去。可是王雲山還像在找碴似地，向他不住地嘮叨著：

「那你剛才爲什麼跟我們像拖死狗似的，一副好不心甘情願的樣子？告訴你吧！我們幹丘八的，成年都在爲你們賣命，你可知道嗎？……」

說著說著，船已經靠岸了，船老闆才算鬆了口氣似的說：

「你看！老爺，我不是把你們給送過來了嗎？算了吧老爺，莫再生氣了，還是留點精神，回營房去好好休息休息吧！」

誰知他的話幾乎還沒說完，剛準備上岸的王雲山就朝他飛起一腳，把個船老闆從船上給踹到了岸上，嘴裡還在大聲的吼著：

「好他媽的王八羔子，竟敢嫌我囉唆，你瞧老子今天敢不敢取你的狗命！」他簡直像一隻發了狂的野獸，我拚命地拉他也拉不住。我真急壞了，我急得大聲叫他住手，他根本不聽我的，我急得只好大聲哭了，眼看著他撂起一根船槳，朝著倒在地上的船老闆狠命地砸過去，幸好船老闆就地打個滾，船槳砸在石頭上，斷成了兩截。船老闆翻身起來，拔腳就跑了。可是王雲山還是不肯罷休，摸著胯股上的木盒子，看樣子是要掏槍了。我跳過去緊緊地把他抱住，大聲地嚷著：「你要是再不走，等我回到家，就把你做的壞事都告訴爸爸，看他有沒有法子治你！」

也許是看不到船老闆了，他也慢慢地清醒了，才又背起我來，邁著不太穩定的步子回家了。

回到家裡，我只把今天的事說給媽聽了。她說以後不要再跟王雲山出去就是了，要玩就找藍春芳在附近玩玩吧，這件事也不要跟爸爸說了，免得惹他發脾氣。

合肥話　八月×日

聽說江北合肥一帶，講的話中把「機」都說成了「茲」，所以被別的地方人稱他們爲「老母茲（雞）」，他們把飛機也說成「飛茲」。

日本飛機在中國軍隊的頭上耀武揚威，地面上沒有高射炮，就抬出機關槍來打，當然打他不著，反而流傳了一個有趣的繞口令：

茲關槍，打飛茲，打不到飛茲打自子（己）。

把這些話拿來當笑談，我倒認爲未免是在長他人志氣，滅自己威風了。

轟炸　八月×日

鬼子的飛機眞的來了。我們躲在防空壕裡，可以看到它們一架一架地飛過去，一共是四架，三架大的，一架小的，大的丟炸彈，小的跟在它們後面。要扔炸彈的時候，飛機就向下衝，一排三五個扔下來以後，接著又飛起來，向下衝的時候，飛機的聲音特別大，炸彈著地的時候，只聽到轟隆一大聲，雖然大家都說離學校還很遠，但見教室的窗戶都震得嘩啦嘩啦地響。大約有一節課的光景，警報才解除了。學校裡提前放學，叫大家直接回家，不許去鎮上看被炸的地方。在回家的路上，還可以看到遠處有不少地方在冒著黑煙。一陣敲得很急的鑼聲，是救火的訊號，我是跟著王家三哥一起回家的。

到了家裡，媽正準備叫藍春芳去學校裡接我們，聽媽說他眞沒用，飛機來了，他眞的嚇得暈頭轉向，鑽到桌子底下直打哆嗦。

爸爸今天回家得特別晚，爲了他要帶弟兄們到各處去救火。聽他說起鎮上有三處被炸得特別厲害，火都已經熄了。部隊上損失最大的是有一所存彈藥的倉庫被炸了。死傷的人數還不知道，受傷的都被抬到關帝廟去了。幾個隊上的醫務室實在容不下那麼多人。這下子可把醫官們給忙壞了，還有救傷用的藥恐怕也有問題，聽爸爸說可能要向寧國縣的野戰醫院想法子了。

失蹤　九月×日

王雲山不見了。前天晚上出去的，我沒有跟他去，當晚就沒見他回來，昨天一整天也不見他的影子，大家都在納悶，他到底會跑到那裡去呢？

有人說王雲山是開小差了，爸爸說不會的。有人說他拐著槍跑了，說不定當土匪去了。爸爸說王雲山跟他跟了十多年，他最清楚了，準不是這麼一回事。爸爸又問了我，他帶我去些什麼地方？我說了幾處以後，爸爸說那些地方我都不該跟他去，就算是他回來了，以後再也不要跟他去了。晚上沒伴的時候，可以去找王家弟兄們溫習功課。

王家的人能幫我溫習功課的只有大哥和二姊，他們都在念中學，可是爲了躲警報，他們的學校都搬到山裡去了，每個人都住在大廟裡，一個禮拜才能回來一趟。

餘生　九月×日

班上有一位叫方楚才的同學，自從轟炸後的第二天就沒見他來上學了。聽人說他嚇瘋了，他家裡原來是賣茶葉的，一共有五口人，還用了兩個夥計。那天從學校裡回家以後，才知道家裡被炸了。他爸爸和老奶奶都是當時就死了，媽媽還有一口氣，可是等抬到救護站上，因爲燒傷太重，也沒能救活，兩個夥計被炸得屍體都不全了。他和他姊姊因爲在學校裡，才逃過了這一場大難。有人說，要老師帶我們去他家裡看看他，老師說他已經沒有家了。

方楚才的姊姊是上四年級，她班上的吳老師暫時收容了他們姊弟二人，吳老師說，在徽州好像還有方家的親戚，再過幾天，大家就想個法子把他們姊弟倆送過去。

死屍　九月×日

王雲山被找到了，他死在一個山溝裡，是被害的。爸爸不許我去看他，又聽說他的耳朵被割了一個，槍也不見了，槍皮帶被割斷了，大家說他準是遇上了土匪，搶走了他的槍，爸爸說他一向脾氣不好，仇人一定也不少，不管怎樣，這件事非得查清楚不可。

媽聽到了王雲山慘死的消息也落了淚，她說，這個年頭裡人心都不知道是怎麼長的，到底有多少的深仇大恨，怎能忍心下得了這份毒手？一個活蹦亂跳、五大三粗的漢子，臨死的時候，一定也不會就老老實實地被摺倒的。

房東李老奶奶說，算我的命大，沒有跟他一道去，否則……可是接下去她又轉變口氣的說，說不定因爲我有福氣，要是我跟他去了，也許他就沒事了。

6 又是別離

再見分手　九月×日

見到爸爸才不過三四個月，他又要離我們而去了，他是奉命令要調他去湖南受訓。晚上媽媽在替他縫襪底子，她一面穿著針，一面噙著眼淚說：「下輩子再做女人，打死我也不嫁給當兵的了，五六年見不著一面，好不容易跋山涉水地總算見著了，相聚才不過一百天，就又要扔下我們跑了。」

藍春芳說是因爲爸爸前些日子打了勝仗，上邊才調他去後方受訓，受了訓就會接著升官的。

媽媽說：「就算是當了皇帝，成天見不到人影，又有什麼用？」

爸爸回來了，看到媽一臉難過的樣子，好像在勸她說：「算了吧，不如想開點，比上不足，比下有餘。你想王寶釧苦守了十八年的寒窯，最後才當了一天的娘娘就升天了，何況擺在眼前的，在這兵荒馬亂的年頭裡，手拿槍桿的有幾個又能攜家帶眷的？再說你們能大老遠地打老家逃出來，就已算是很幸運的了，更何況這一去，再長也不過半年多，不過下一次在那裡和你們相見，可就說不定了。」

「怎麼？你又讓我帶著孩子往那裡跑呀？」媽問。

「鬼子們實在逼得太緊了，看樣子部隊還有往南移的可能。不過到底到那裡，誰也不敢講。好在往後的奔波是跟著大夥一塊走，不必你一個人操心勞累了。」

我問爸爸：以後再走是不是還要坐火車？他卻說往後就沒有火車可坐了。

傷兵　九月×日

爸爸已經走了一個多禮拜了。

今天我跟著媽到了一座祠堂裡，那裡被設爲野戰醫院的臨時傷兵收容站，打老遠就看到有很多人忙著走進走出，顯得亂嚷嚷的，走近祠堂門口的時候，聞到一股衝鼻子的血腥氣味。三三兩兩的喊爹叫娘的叫痛聲。走進去一看橫躺豎臥的，有的包著頭，有的裹著胸，有的血還在不停地流，濕透了破軍裝，一直流到他們身旁的泥巴地上。

這兩天一直聽說前線很吃緊。今天早上有人告訴媽說劉大叔調防回來了，他的部隊傷亡很重。他自己就在張家祠堂裡。

我們看到劉大叔的時候，他是站在一個看起來像是斷了左腿的傷兵前面，他看到我們正要走過來的那一刻，忽然又抽身轉了回去，一巴掌把一個兵端著的一碗清水打翻在地上，順勢踢了那個端水人一腳，口中對著傷兵說：

「趙班長，不是我不給你水喝，爲的是你這會兒還喝不得，要是你實在難熬，只好還是用濕棉花沾嘴唇吧。一切還是等醫官來了以後再說吧。」

劉大叔又手指著那個剛才被踢的小兵，大聲吆喝著：「你們那個混帳王八羔子要想害死重傷號的話，就灌他水喝吧！」

一個三十多歲的女人從祠堂的另一扇門外急急忙忙地跑了進來。見著了劉大叔，一把就抓住了他的胳臂，一面搖晃著一面問道：「大哥，你可老實告訴我，我們家的老爺子到底怎麼樣了？」

「弟妹，你放心，昨天晚傍晌（黃昏），我還看到胡老弟活蹦亂跳著呢，何況天黑了以後，就沒有情況了，管保沒事。」

離校日　九月×日

才開學不過個把禮拜就要解散了，校長今天對大家說：從明天起，大家都不要來上課了。

許多念中學的學生們早就搬到山上去了。他們吃住都在山上的廟裡，聽說吃得很不好，有些人趁著禮拜天才回家一趟，回到山上時，想從家裡帶些私菜去都不可以。

黃山腳下　十月×日

離開青田山已經有好幾天了。才出發的頭一天，是一個叫江副官的幫了我們很大的忙，他給我們帶了兩個伕子來，替我們挑行李，聽說是「王老好」大爺派他來的。

一路上我們經過了水東、河瀝溪、甲路，今天到了胡樂司。明天要歇腳的地方聽說是績溪。又聽大人們說，這一帶是黃山的山腳下，常常聽人提到黃山是個很好玩的地方。在北方看到的山不多。

兩個伕子每天都換人，幾乎每天都是一個人推個獨輪車，一個人挑擔子，推車的載的東西比較多。頭一天藍春芳還想試試推車子，可是走不了幾步，車子就會向一邊歪。大家都笑他逞能，他才找了兩件比較輕的柳條包挑了起來。媽還是寧可走路，大家都要我坐車，除非我實在跟不上，否則我也寧願走路。

船家　十一月×日

一連走了十多天的旱路，過了績溪，我們就開始上船了。一條船上可以坐得下四五家人，我們和「王老好」大娘他們家同一條船，他們家因爲孩子、行李都比較多，我們這一船就只坐了三家人。另外，還有一家是有三個孩子的李家，在青田山，我們都是一塊上學的。

一條大一點的船幾乎有一間教室那麼長，中間是竹子和棕編成的篷子。上了船，每天燒飯睡覺，吃飯和方便都在船上。船的兩頭可以站人，船的兩邊，都有一條很窄的邊，人打著赤腳可以走過，不過要很小心，開船的老闆平時都在船後頭搖槳，除非遇到險灘或是快靠岸的時候，才有助手跟到前面的船頭來，用一根頭上鑲著鐵的長長竹篙子，幫著忽左忽右的撐。

坐在船上有好幾樣好處。

一、除了船老闆，大家都省勁兒。

二、兩岸的青山綠水比起旱路上兩邊常見到的破房子要好看多了。

三、船行平穩，躺在船頭往水裡看，可以看到清澈的水裡常有大小魚兒跟著船兒賽跑，仰頭看看天空，藍天裡一片片不斷在變的白雲，也很有意思。

船尾的槳，是吊在一根木樁上的，別看船老闆搖起來毫不費力，一副悠閒的樣子，有一次我試了三五下子就搖不動了。有時船走在陡直的山崖旁邊，崖上的樹蔭遮住了太陽，叫人覺得分外涼快。

我記得最清楚的是快到徽州的那一晚，天已黑了，船還在河上漂，吃了晚飯，我們幾個孩子躺在船頭聽故事，大家再查看一下天河邊的牛郎織女星有沒有去偷會？王家大姊指著天邊幾個比較亮的星說，那是北斗星，李家老三和她抬槓子（爭辯），說北斗星要到半夜以後才出來。那不是。船過徽州以後就是逆水了，水淺的時候還得要人在岸上拉縴，好幾根粗粗的繩子連在船上，岸上拉的背著繩子的那一頭，有時像在唱著歌，他們一定都很累。

7 孤兒們

小同學　十一月×日

船靠徽州的那一晚，我想起了方楚才，原來不是說他被送到這裡來了嗎？他們一家子爸爸媽媽都被炸死了，好可憐啊，我要是能去看看他該多好。可是媽卻說：徽州城有那麼多人家，你到那裡去找他？他要是能轉了運，說不定會碰上一家好親戚，會好好照料他們的。我不以為然地問：要是他轉不了運，碰不到好親戚呢？媽又說：在這個兵荒馬亂的年頭裡，誰不是連自己都照顧不過來？人到了沒法子的時候，也只有狠下一點心來了。

船靠徽州（李敖提供）。

張家母子　十一月×日

過了屯溪，我們又上了旱路，在船上的最後一個晚上，媽烙了幾張發麵餅，第二天一大早，就去送給了張大嬸和她的孩子。

我一直沒見過張大叔，聽說他以前是部隊裡的一個連長，大約在一年前陣亡了。有一天在路上，媽爲了張大嬸的事，當著面數了吳特務長的很多不是。原來吳特務長說：他們娘兒倆根本就不該跟著大夥來，她跟了來免不了給大家添了連累。媽對吳特務長的數落是：

「你這麼說，可就不對了，你想：自從她爺兒們打死了之後，餉就斷了，又沒卹金，每個月的日子全仗著這家子三斤米、那家子兩斤麵地施捨著，要是她不跟著走，鬼子們一來，他們娘兒倆指著什麼活？」

「可是我們的伕子，實在是分配不過來呀！」吳特務長還是認爲他們不該來。

「伕子不夠，你就算不給她，我想大家夥也不會眼看著把他們給丟下來的。你再想想：好歹人家還曾是個連長太太，人家肯給你們縫襪底子，補破軍裝，拿你們一點只夠買針線的錢，這回在這個節骨眼兒上，你們還忍心要人家的好看嗎？」

「可是，她也該想想，孩子還不滿三歲呢，這頓苦要吃到什麼時候啊！」

「那也只好過一天是一天的了。」

娃娃兵　十一月×日

江灣到婺源這一帶，一路的山路，愈走愈高，聽說快要走出安徽省到江西省了。

跟著范大娘他們家的勤務兵才十五歲，叫王根才，比范家老大只大一歲，但是個子卻比他矮。范家人說，他這一年多還長高了點，才到他們家的時候，整個人還趕不上一桿槍高。他還是「賣壯丁」給賣來的呢。

我不懂什麼叫「賣壯子」，藍春芳告訴了我：原來根本不是該他當壯丁的，是別人給了他錢，叫他頂替了別人當壯丁來的。王根才的老家本來是靠近黃河邊上的，有一年日本鬼子來了，不久不知怎麼黃河忽然決口了，大水淹沒了成千上萬的人家，也沖散了他們一家子，一家六口只剩下他一個。後來還是他舅舅收容了他，可是又爲了舅舅家裡的饑荒太重，眼看自己一家人都養不活了，就把他照半價給「賣」了。

王根才年紀雖不大，長相倒有點像個小老頭。耳朵很背，話老是像聽不明白，那是因爲他常打擺子，奎寧丸吃得太多了，把耳朵給吃壞了。他還說，隊裡比他還小的娃娃兵多的是呢。

逃伕　十一月×日

爬過了很多山，今天總算進入江西了，江西人稱呼人喜歡叫「老表」，在路上好不容易見著一個砍柴的，他們叫我試試看去問路，我叫了他一聲「老表」，果然他很高興。

在半路上看到了好幾個長著粗脖子的人，有男的，也有女的，聽說是因爲他們的鹽吃得太少了的緣故。這一帶地方的鹽都很寶貴，很不容易吃到，人們都說不吃鹽的人，就會渾身沒勁兒，日子一久，就會得粗脖子的毛病，這毛病一得，還消不下去。

不知道是在幫誰挑行李的兩個伕子，用一根細麻繩拴在一起，兩人相離不到十來尺，兩人都很瘦，其中一個的腿還一拐一拐地，看樣子準是挨了打，媽看了曾問道：

「又是為了什麼，把人家給折騰成這個樣子？」

藍春芳好像知道底細的樣子，他說：

「誰叫他不老實，當個伕子還想腳底抹油呢？他娘的，人家只聽說有『逃兵』的，那還聽見過有『逃伕』的呢，他娘的這個混小子，也不曉得聽誰說的，這一趟被抓來當伕子就回不去了，他是怕『頂壯丁』，怕當兵，才趁著在樹林子裡撒尿的時候，就來個『撒鴨子』（開溜）了，只怪老天爺沒護著他，跑沒幾步，就來了個狗吃屎。唉！也難怪，世人都在說：『好男不當兵』呢，其實就算當兵又有啥不好？管吃管喝，吃的雖是刺嗓子的『八寶飯』（這是奸商為了增加重量，在米裡加進了沙子、細石等煮成的飯），至少也還能挺個一陣子，你看，俺不就是被抓壯丁給抓了來的嗎？只要三兩年一下來，不也就知足了嗎？這會子你就是叫俺跑，俺也不跑了。」

提起「好男不當兵」來，我倒想起，爸爸有一次好像也說過：中國歷來的大男人們，到了沒得吃的時候，就會走上三條路，一條是上山做「山大王」，再一條是到廟裡去落髮修行，還有一條就是去當兵。他還說，京戲裡的薛平貴有一句唱詞就是什麼「無以為生去投軍」。

殺狗　十二月×日

一連下了好幾天的雨，大夥都走不成了。要是坐船或者坐火車，就不怕碰到下雨了。可是想必是既沒有船也沒有火車可坐，有幾家擠進了廟裡，也有住進祠堂的，有些比較好一點的，就住進當地的百姓家裡。大家都說江南的雨季，該是四、五月才對，怎麼會在這深秋天裡，還有這種反常的天氣？吳特務長說：要是再下上幾天的大雨，連吃的恐怕都有問題了。

今天，媽好好地說了門福一大頓。門福是前天才由吳特務長送來的新勤務兵。原來自從王雲山死了之後，爸爸就有意再找一個人來，因為藍春芳膽子太小，大概是要找一個比較勇敢粗壯一點的人來。

門福是山東諸城人，大概有四十來歲，兩顆大門牙，長得很稀，說話有點漏氣，身體很結實，吳特務長說他還在沂蒙山區打過一段日子的游擊，會使大刀片子，還曾砍過好些個日子鬼子的腦袋瓜子。他說起話來嗓門兒很大，最大的愛好，就是每天都要喝好幾大碗的鹽開水，他說要是不喝，就渾身難過，看他幹起事來，的確比別人又利落勁又大，今天媽罵他，是為他殺了兩隻小狗。他要清燉狗肉給我們吃，媽要他拿得遠遠的去，不管他拿到那裡去收拾，就是不許他使用家裡的鍋碗瓢盆。門福還說想不到媽既不吃齋，又不念佛，卻比天天供著菩薩磕頭的江西老表們還忌諱葷腥。

怪不得吃了早飯不久，聽到後面有幾聲小狗的慘叫聲，門福殺的是兩隻還在吃奶的小狗，人們說他殺狗的時候根本不用刀，是把小狗的嘴巴掰開後用剛燒開的開水倒下去，給活活的燙死的，他還說殺這麼嫩的狗，不能見血，見了血，狗肉就走味了。

驚魂　十二月×日

走到弋陽就看到火車路了，我還以爲又有火車可坐了，誰知道向西走了一整天，連個火車的影子都沒見著。有好幾段路連鐵軌都不見了，有些地方雖然有鐵軌，都給翻到路邊去了。人家說這一帶曾經打過一次大仗，叫「浙贛戰役」，仗打完了之後，有些死屍都沒人收，便宜了一些野狼和老鷹。

爲了要趕到貴溪，天都快黑了，大家還得趕路，走在高起地面的火車路上，幾十尺外的地方已經愈來愈看不清楚，遠遠地我忽然看到一個白白的大皮球被人丟在路旁，一時我好高興地跑過去，本來已經累得沒精打彩的我勁兒也就來了，可是當我彎腰把它雙手捧起來的那一刻，嚇得我好久都講不出話來了，原來那是一具骷髏頭，我的右手，正好抓住了它那眼睛的部位。

媽直怕嚇掉了魂，把我緊摟在懷裡，用手一直在我兩個耳朵上揉個不停，嘴裡不斷地念著：「不怕，不怕。」

8 幻滅

水鄉 十一月×日

鷹潭聽說原本在這一帶是一座大鎮，想必曾是很熱鬧的，但是我們到了這裡，卻看不出什麼繁華來，只見一些歪七扭八的火車路，和幾條分不清向那邊流動的河道，水面有些地方顯得很寬，上面漂浮著一根根橫七豎八的木頭，隨著一陣微風吹過，傳來一陣不太好聞的味道，有人說像是屍臭，想起來眞可怕。媽好像故意不叫我害怕，她說就算是屍臭，也不一定是人的屍體，說不定是死貓死狗的。何況木頭泡在水裡，日子久了，太陽再一曬，味道本來就不好聞。

今天又有一個天大的好消息，吳特務長跟我們說，我們又快要見著我爸爸了，大概不是到東鄉就是在進賢，準會遇上他，他是往東邊來，我們是往西邊去，吳特務長計算著日子這麼說的。東鄉、進賢又在那裡，有人說那裡離鄱陽湖不遠了。鄱陽湖想必是一個很大很大的湖吧。如果我們能走到那裡，但願那是一片乾淨的湖，至少不會聞到臭味才好。

捕魚鳥　十二月×日

走過東鄉，一個小小的村落，名叫老吳侯家，在一灣不太寬闊的河道上，看到一幅很有意思的風光。河面上有一條小船，船上坐著一個頭戴斗笠的漁夫，像是很悠閒地叼著一根旱煙袋。船的左右大約有七八隻長著黑色羽毛的水鳥，我不知道牠叫什麼，想必是船上的漁夫所養的，只見那些鳥兒有的游著游著，忽然往水底一鑽，等再露出水面時，嘴上叼著一條活蹦亂跳的魚，接著牠並不把魚往自己肚裡吞，卻見牠游回船邊，憑著牠那根長長的脖子，把銜在嘴上的魚兒扔進船艙裡，再回頭又去繼續牠的捕魚工作。

我正奇怪，那些鳥兒辛辛苦苦抓到的魚，爲什麼不馬上自己吞下去呢？難道牠不餓嗎？牠爲什麼那麼聽話地把魚兒繳回船上來呢？范家大哥說，牠才餓得慌呢。正因爲牠餓，牠才會到處去找魚，可是在出門之前，飼養牠的主人在牠的脖子上套了一道箍，叫牠雖抓到了魚，自己卻呑不下去，才只好乖乖地繳到船上來。

「這些可憐的鳥兒是不是等回去之後才能飽餐一頓呢？」

「那可要看主人的高興了。一般的主人雖給牠吃幾條小魚，免不了還會拌上一些粗糠，剩下的好魚大魚，好拿到市場去賣錢。」

「主人可眞夠詐的了。」

「這也很難講，要是主人不在牠脖子上套個箍，大概每隻鳥兒抓個三四條魚，吃飽了也懶得再去動了。」范家大哥好像還在替我認爲「詐」的主人說話。

不過我總認爲，既然牠愛吃魚，又是自己抓回來的，餵牠吃粗糠總是不應該的。

「窮山惡水」　十二月×日

松山吳家是進賢縣的一個小村落，江西人把「松」字念成「窮」字的聲音，吳特務長說：「我們姓吳的，到了這裡才算倒楣呢。不窮也要被叨念窮了，放著好名字不叫，叫什麼『窮山惡水』？」其實據當地的人們說，他們原來並不窮，也曾被人稱為「魚米之鄉」，江西省的「窮鄉僻壤」，據說都是在偏南的縣分，可是幾年來的連年打仗，鬧得南北都一樣窮了，南邊曾經打過一場很厲害的「內仗」，北邊也打了一場很厲害的「外仗」，南北一內一外，折騰得老百姓們一窮二白了。

到松山吳家來一停又是好幾天，這一次的停住倒不是為了天氣不好，看樣子像在等候什麼消息，又像在等候決定我們以後要去的地方，聽說再往西去的情況不太好，那邊大概是正在和日本鬼子打著很厲害的仗，糟糕！爸爸不是正要從西邊來和我們會面嗎？

幾天閒著沒事，除了偶爾會有幾個小朋友湊在一起玩之外，又找到幾本故事書看，從范家大哥那裡，找到一本附有圖片的外國兒童故事書，其中有一幅圖畫的是一個孩子站在碼頭旁邊，面向著大海，火球似的太陽，快要掉到港口之外的山坡上了，圖的邊上註著一行字，是：「太陽又快要下山了，怎麼爸爸還不回來呢？」原來他爸爸是個常常出海捕魚的漁夫，後來終於出了事，再也回不來了。

初寒　十二月×日

幾天以來，一直覺得很不舒服，連玩也懶得出去玩了。媽以爲我生了病，我沒有把圖畫故事說給她聽，我看她這幾天也很急的樣子。

聽說再過幾天我們可能又要往南走了。走路，我倒不在乎，能有船坐，當然更好。不過，坐火車我想是沒指望了。

天氣愈來愈冷，昨天夜裡下了入冬以來第一場雪。雪層很薄，比起北平的來，差遠了。我也沒心出去玩雪了。

媽媽的傻事　十二月×日

今天「王老好」的太太陪著流著眼淚的媽媽回來。她說媽媽做了一件傻事。原來是媽媽自己跑到進賢城外的「抗日陣亡將士紀念塔」那裡去，去找找看有沒有刻上爸爸的名字，她總是以爲爸爸早就已經出事了，可是大家不敢讓她知道。她到了塔的跟前，到處找也看不到一個人的名字。王大娘還指著媽說：「我的傻妹子，你也不想想，就算要刻上名字，也不會那麼快呀。可不許你再胡思亂想了。看你這副瘋瘋癲癲的模樣，孩子也跟著受罪，你這又是何苦呢？」

舟子的悲歌　十二月×日

我們又上了船，河面比起在皖南的來要寬多了，但是有些地方很淺，水流得也很急，因爲是逆水，船走得很慢。聽說這次的目的地是臨川，要走上三四天。一路上有很多險灘，這一次也有拉縴的，而且人數也比較多。每一條船上都有好幾根繩子，大太陽之下，船上掌舵的忽然一聲高歌，歌聲響亮震耳，尾音拖得很長，接著岸上一群群拉縴的齊聲高唱，調子好像在隨著他們吃力的腳步起伏著，歌詞唱的是些什麼，聽不太出來。藍春芳說他們都是吃飽了撐的，我看不見得，看他們一個個瘦得只剩一把骨頭，沒有一點像是吃得太飽的樣子。

記得范家大哥曾經說過「飽吹餓唱」這句話，船上的人或許正是因爲吃不飽，才唱

拉縴（芙蓉旅行社張家治先生提供）。

出那麼動聽的歌來。藍春芳只知道一個人坐在船上，剝著皮薄水甜的南豐橘子，一口一個地往嘴裡扔，他一面吃一面還嫌個兒太小，要是到了臨川，聽說還有撫州「大紅袍」可吃。

落日　十二月×日

到臨川的第三天，吳特務長一臉哭喪地帶來了爸爸再也不會回來的消息，媽在還沒有痛快地流淚之前說，她早就心裡有數了，前兩天因爲在船上，大家怕她想不開，不敢說出來。她說她不會那麼做，她不能讓身邊這個不滿十歲的孩子沒了爹，馬上又沒了娘。在她落下強忍不住的眼淚的時候，她又說她很後悔不該讓爸爸西去湖南，她說：「你想一個人歸了西，還有回來的可能嗎？」

媽說她認字不多，不會寫信，非要我寫封信給爸爸不可，以後每天都得要寫一封，由她來念，我來寫，寫完了再念給她聽。今天的信裡寫的是，我們娘兒倆以後的日子她是知道的，她曾經替張家母子們說過話，想不到今天也走上了他們的老路，也要靠這家

履歷

姓名	陳文宗
別號	了今
籍貫	河北蠡縣
住址	蠡縣潘營村
出生	前四年十二月十六日
信仰宗教	
入黨時期	中華民國十八年十二月二十八日
黨證字號	軍瀋字第零零壹伍肆號

一八

一九

這是父親「軍人手牒」第一八、一九頁，從這份「履歷」裡可以看出來：

一、自取的「別號」不像個軍人。

二、二十一歲在東北講武堂畢了業，十年後才「入黨」。

三、他的一生該充滿了「身不由己」的味道。

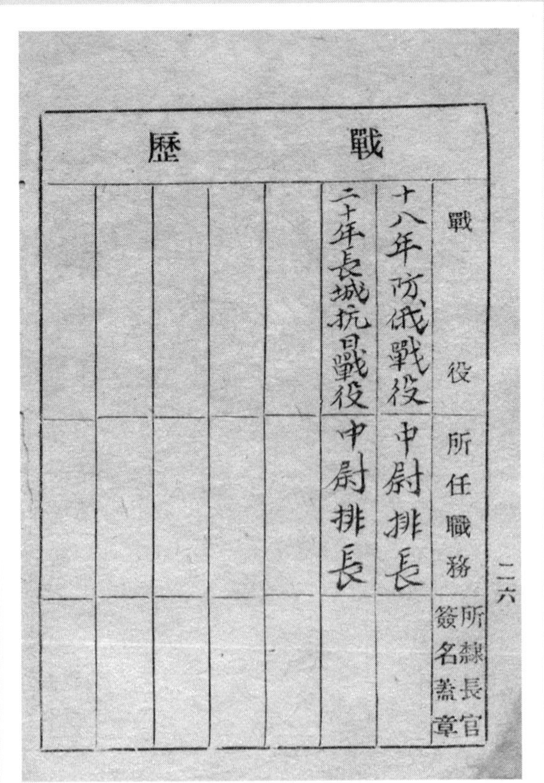

戰歷

戰役	所任職務	所隸長官簽名蓋章
十八年防俄戰役	中尉排長	
二十年長城抗日戰役	中尉排長	

二六

父親在二十四歲以前所參與的戰役，以後應該是「役繁不及備載」了。不過在他有生之年所開過的槍，都是槍口朝外的。而他最早的戰役是「防俄」，還沒有到「反共」的地步。再來就是「長城抗日」，那還是盧溝橋事變六年之前的事了。

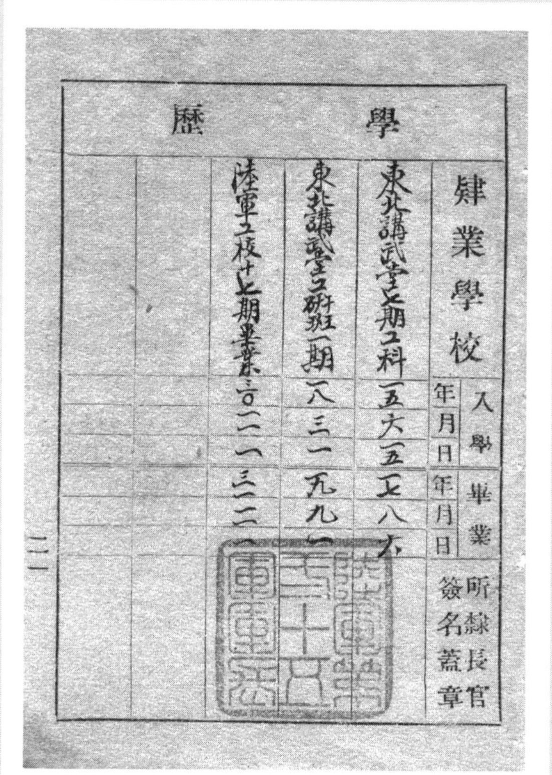

學歷

肄業學校	入學年	入學月	入學日	畢業年	畢業月	畢業日	所隸長官簽名蓋章
東北講武堂七期工科	一五	六	一五	一七	八	六	
東北講武堂工研班一期	一八	三	一	一九	九	一	
陸軍工校十七期畢業	三〇	一	一	三一	二	一	

從父親的軍事學歷上看來，算不上「正統」。尤其是最後兩項之間，他竟「荒廢」了十二年之久。

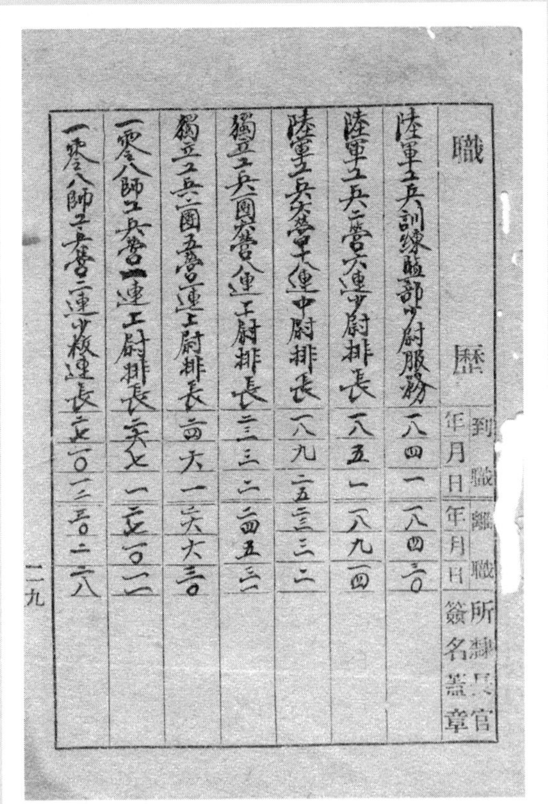

職歷	到職年	到職月	到職日	離職年	離職月	離職日	所隸長官簽名蓋章
陸軍工兵訓練班部少尉服務	一八	四	一	一八	四	三〇	
陸軍工兵二營六連少尉排長	一八	五	一	一八	九	一四	
陸軍工兵六營十六連中尉排長	一八	九	二五	二三	三	二	
獨立工兵團六營八連上尉排長	二三	三	二	二四	五	三一	
獨立工兵二團五營二連上尉排長	二四	六	一	二六	六	三〇	
一零八師工兵營一連上尉排長	二六	七	一	二七	一〇	二一	
一零八師工兵營二連少校連長	二七	一〇	一二	三〇	二	二八	

一一九

父親軍職的「初期」部分。他的專職是「工兵」，而這實在是一個費力不討好的兵種。

國民政府軍事委員會任官令

銓字第1478號

茲核定陳文宗敘任
為陸軍工兵上尉除
俟彙案函送行政院轉
請任命外合先令仰遵
照此令

委員長蔣中正

中華民國三十年十二月一日

明明在一九三八年（二十七年）就已經是「少校」了（見手牒二九頁最後），可是因為那不是「正統」的軍事學經歷，一直到一九四一年（三十年）進了湖南的陸軍工校（見手牒二一頁最後）才拿到「蔣委員長」的上尉任官令。

三斤米、那家兩斤麵地過活了。以後眞的到了山窮水盡的時候，她會帶著我一直往西走，走到那裡算那裡，老天爺要是眞的有眼，就該讓我們走到他的跟前，讓一家離家千萬里的陳家人，再也不會分開地、眞正永遠地團聚……

帶著給爸爸的「信」，帶著一大堆的金銀紙，我們找到了城郊的「陣亡將士紀念塔」，到了那裡，媽要我面向西，點著了紙，點著了「信」，塔的附近只有我們母子，媽的哭聲愈來愈大，風吹起燒著的紙灰，一圈一圈地向上飄著，正午的太陽漸漸偏西，漸漸地落到前面的山腰上，我想起圖畫故事裡在港邊等著爸爸回家的孩子——「太陽又快要下山了，怎麼爸爸還不回來呢？」

9 春寒（一九四四年）

大病 二月×日

雖然已經開學兩個多禮拜了，媽還是一直不讓我去上學，因爲我的身子還很虛，連走路都覺得很費勁。

我的耳朵裡一直在嗡嗡響，又好像被東西堵住了似的，聽不太清楚。媽帶我去看過醫官，醫官說那就把奎寧丸暫停一下，否則就會像王根才一樣了。

不過我知道我和王根才不一樣，他吃奎寧是爲了「打擺子」（「打擺子」即「瘧疾」之俗稱；見三、春到江南之「輪渡」一節，而「奎寧丸」即「金雞納霜」），我雖然發過高燒，吃藥退燒以後一直滿嘴苦味，什麼東西都吃不下，可是肚子一天一天地脹了起來，脹得像鼓一樣，靠右邊有個硬塊，用手可以摸得到，醫官說是脾臟出了問題，就給開了一大包奎寧丸，要我照大人的分量吃，因爲我病得不輕，媽問他：「這不是治『打擺子』吃的藥嗎？管用嗎？」他說：「先試試看！」還說除了奎寧，醫務室裡也沒有什麼好藥了。

媽還說我的病會好起來的，她說這幾天夜裡常做好夢，夢到爸爸又回家了，一回來就替我看病，還用手替我揉肚子。不過叫人不明白的是爸爸一直不說話，不管問他什麼，他都好像沒聽見。

平東洋　四月×日

平東洋是爸爸部隊裡的一個年輕排長，他本來不叫這個名字，原名叫「平松仁」，可是到江西來了以後，「老表們」常把他叫成「貧窮人」，他一火之下，覺得日本鬼子那麼可惡，乾脆就改叫「平東洋」好了。

爸爸曾說過平東洋將來應該很有出息，名字改得好，很適合當下當兵的，又加上念過幾天書，不像個大老粗，只是年紀太小，目前只好委屈他當個小排長。爸爸給了他一本「千家詩」，叫他念完了之後，再挑幾首教我念。他給我找了一首是明朝的皇帝送一位大將南征去打仗的詩，從這首詩裡，我知道了以前的皇帝把自己叫作「朕」。

平東洋給媽帶了一個小包袱來，說裡面是爸爸的貼身東西，媽一見到裡面的一個懷錶，又哭了出來，逼著他問出爸爸埋身的地方，叫他馬上帶她去看看，她一定要親眼看見才肯相信。平東洋說這幾天還不行，等鬼子們跑遠一點再說。他說他會說到做到，到能去的時候，他一定會帶媽去的。

寒食節　四月×日

這幾天特別冷，都已經快到清明了，很多同學還提了個腳爐來學校上課。媽問要不要也為我準備一個，我說我才不要呢！提著一個木炭籃子，吊在褲襠下，走起路來一搖一擺地，那多難看。

我想天氣冷並不是因為「寒食節」的緣故。媽說在寒食這一天不能生火。連吃的東西都只能吃生冷的，記起爸以前曾說過一個故事——很久很久以前，一個叫「介之推」

的人，他朋友當了國君，要請他去做官，他不但不肯去，還帶著老媽躲到深山裡去，他朋友不死心，叫人放火把山給燒了，心想這下他總該出山了，誰料到等火滅了，介之推卻抱著一棵大樹給燒焦了。他朋友當然難過，就下令每年的這一天，大家都不准點火，連煮飯都不行。

我想這個做朋友的眞太不應該了，既然人家不願意，又何必苦苦相逼呢？

上清宮　五月×日

上清宮離這裡有三四十里遠，聽說那裡有一個很靈驗的廟，媽決心要一個人親自去一趟，當天來回，要是回來太晚了，就要我跟著門福吃飯。

天黑之後，媽才回來，拿出一張她在廟裡求的籤來叫我看，裡面的四句話我也不太明白，只憑著右下邊的「中上」兩個字，大概判斷不好不壞的意思。媽又拿去給張副官看，他說雖有「劫難」，總會有「貴人」相助，最後還說：「大嫂，放心跟著部隊走吧！沒聽說『老天爺餓不死瞎麻雀』嗎？何況老軍長不是親自向你說過，『只要他活著的一天，你們就別愁日子過不去』嗎？」

孤墳　六月×日

平東洋的話總算兌現了。今天他要帶我們去看爸爸的墓地。門福也要跟著去，他說要向老長官磕頭。媽答應了他，因爲聽說再過幾天我們又要往南城方面跑，要再見你老長官可能也不容易了。

到了下午，我們才到了村外松樹林子裡，在一處高坡旁凸起一座被雨水沖刷過的土堆，上面的雜草還沒長出來，前面豎著一塊薄薄的石碑，中間刻著幾個淺淺的大字——「陸軍第二十五軍工兵營營長陳××之墓」。

媽在燒帶來的紙「錢」之前，曾要身旁的兩個「老爺兒們」去找個傢伙來，把土給刨開，她要看看裡面到底是什麼模樣？兩人一再勸著，意思是說，老長官要是天上有知的話，一定不願意看到媽這麼做，眼前要緊的是怎樣來保住活人自己，怎麼好好地把「小少爺」撫養大。把老長官擺在這裡，也只是暫時沒法子的事，等到有一天天下太平了，回老家的路好走了，大家自然都會「落葉歸根」的。

媽一面燒著紙錢，一面口中不停地念著，今年的清明她晚來了一個多月，可是明年的清明她還能再來嗎？到那時，人還不知道在那裡呢。燒後的紙不斷地飛起，媽的哭聲倒不像前些日子裡我們燒「信」時那麼嚇人。那時只有我們母子倆，每次都是我一催再催，媽才會帶著我往回家的路上走去。

這一趟臨回去之前，門福向媽說他決定要留下來，留下來繼續「伺候」老長官。媽說：「你的老長官已經不在了，用不著你『伺候』了。」

「誰說不在，那石碑上不是寫得清清楚楚的嘛！」門福說：「我就在那邊松樹坡下，搭個小棚子，每天上一炷香，初一十五上個供。」

「那吃什麼呢？」媽問。

「那有什麼愁的，我每天到鄉公所去掃個地，跑跑腿，難道還不給我一口飯吃？」

「你既然這麼死心眼，就由你去吧！」媽算答應了他。只待他回家去收拾自己的東西了。

10 邊城（一九四四年）

山界 七月×日

經過南城，我們只住了一夜就又往南走了。第二晚我們來到了黎川。黎川還在江西界內，再翻一座大山過去是光澤，那裡就算是福建省了。黎川縣城也靠著一條小河，不過比起臨川來，河面可要窄多了。除了擺渡的之外，在水上看不到像樣的船。

我們被安排在城西的一對老夫婦家裡，老夫婦騰出了一間房出來給我們住。那間房本來是他們兒子和媳婦小兩口住的，可能是聽說有部隊要過來，兒子就嚇跑了，大概是怕被抓去當壯丁吧。媳婦也回娘家去了，一去也不見影子了。媽說剩下兩個老人家無依無靠，滿可憐的，我們就算來跟他們作個伴好了。

田園　八月×日

屋子旁邊是一片空地，地上種了一些青菜，絲瓜和豆角都搭著架子，每天快天黑的時候，房東老爹都會出來澆水。我很喜歡這個地方，常在園子裡抓些蚱蜢和小蟲子之類的東西，把牠們放進一個小罐子裡，帶給老媽媽，看她餵她養的一窩雞——一隻老母雞，帶著十幾隻小雞，當老母雞一口咬住還在跳著的蚱蜢，把牠的硬嘴不停地在地面上左擺右擺，把叼著的蟲子甩成一小塊一小塊的，自己捨不得吃下去，又一面咕咕地叫著。小雞跟著叫聲，很快地跑了過來，有時好幾隻小雞爭著搶一塊肉，眞是好玩得很。不過我更喜歡看的，還是小雞剛從蛋殼裡孵出來的時候，一開始是在蛋殼上啄破一個小口，隨著小口愈破愈大，最後一身濕答答地鑽了出來，不停地嘰嘰叫了起來，不一會全身就乾了，毛茸茸的，乾乾淨淨的，可愛極了。有時候我嫌牠殼破得太慢，要幫忙把牠掰開，老媽媽卻說不可以，還是要讓牠自己出來，不然牠會站不起來的。

老媽媽說，我要是喜歡在園子裡也很好，就是要小心一點，要留意有時會有蛇跑出來，尤其是在大熱天的時候。

王大哥他們在沒有去寧都以前，曾到我們這裡來過。他說我們這裡的風景很好——

從我們的屋子裡，隔著窗戶，就能看到遠遠的青山，綠綠的果樹，正是「綠樹村邊合，青山郭外斜」，我要他把這兩句話寫下來，他寫在我的一本小本子上，寫完了還告訴我——這裡的「斜」字，要念成「霞」。王大娘又說：「依我看不但風景好，風水也不錯，在這個年頭，『風水』好要比『風景』好更要緊。」

倦飛　八月×日

才住下來不過個把月，又有風聲說是要挪地方了。銀坑那邊傳來消息：說是臨川方面又吃緊了，要我們再接著做個跑路的準備，媽一聽就說，這些年來她實在是跑怕了，這一回能不動就不動了。除非等鬼子們過了南城，等這裡聽到了炮響再說。

媽又說，打從離開老家之後，已經數不清換過多少個房東了。可就算和現在這家相處得最好了，大夥在一起像一家人一樣。老媽媽眼力不太好，尤其是天一黑，好像什麼也看不見了。有些細活，媽就替她做了，像是穿針引線、縫縫補補的事。有時老母雞生了個蛋，老媽媽會端一碗酒釀煮蛋過來，有時媽也會烙幾張餅給他們拿過去。媽說別看這裡雖然是窮鄉僻壤，人情倒是滿厚的。

我想媽之所以不願意再走，或許是愈往南去，就離爸爸愈遠了。

游學　九月×日

眼看開學的日子快到了，媽帶著我到縣城裡的學校去了一趟，她說看樣子這邊的學校比不上臨川那邊的，我們就跳級念小學畢業班好了。其實我連四五年級都還沒念過呢，本來我就比同班級的同學小個兩三歲，再這麼一跳，豈不是更落在別人的後面了嗎？媽說只要功課跟得上別人就好了，別跟同學比年紀，別人家裡都有爹，你沒有，你沒有就只好靠自己了，平常有空，就把連不起來的功課補起來。

趕功課讓我覺得最苦的就是算術（數學）了。宋家大哥幫我寫過九九乘法表，要我背下來，實在是苦極了，他還說：「苦嗎？眞的苦還在後頭呢，到了六年級算起『雞兔同籠』的問題時，可才教人傷腦筋呢！」啊，照媽的意思，我不是馬上就要上六年級了嘛？

從我進了學校以來，幾乎從來沒有在同一所學校裡念完過一個學期的。凡是跟著部隊跑的孩子們都是這樣。王家大哥說：「這那裡是在『求學』，這簡直是在『游學』。」

只聽人說過打「游擊」的，如今我們卻是確確實實地在「游學」了。

外國老師　十月×日

在匆匆的「游學」裡，天數最短的要數在臨川東城的那所學校了，短到只念了一個禮拜的樣子。那裡的老師本來說，要帶我們去看看一處叫王安石住過的深宅大院的，可是還沒來得及去，媽就叫我轉到河西邊的一所「眞光中學附屬小學」了。一來是因爲原來的學校離家比較遠，二來是「眞光附小」裡的學生比較乾淨，那是一所天主教教會學校，還有洋神父在教英文呢。

洋神父對學生們都很愛護，用一口怪腔怪調的中國話上課，他還讓我隨班附讀上了幾堂英文課，記得他講過：學英文不要怕，英文並不難，比中國話容易學得多了——

「你們看，我到中國來，已經有二十多年了，中國話還一直講得不太好，可是只要你們肯用心，兩年下來，管保會用英文講話了，至少能寫出一封普通的英文信來。」可是沒等到兩個禮拜，我就又往南走了。

還記得在那所學校裡，我最喜歡上的是體育課，因爲有眞的球可以玩，有一種球很大，要張開兩臂用抱的才行，叫作「籠球」，不是用拍的，也不是用踢的，而是用頭去頂的，玩球的人分成兩邊，中間隔著一道網子，這邊把球頂過網子那邊去，那邊再頂回來，球要是著了地就算輸了。因爲我總是全班最小的，不管我怎麼使勁跳，總是頂不到球，不過跟著大夥蹦蹦跳跳的，倒也滿好玩的。

音樂課上　十月×日

這裡的音樂課總是很多人一齊上。老師姓張，個子高高的，人很瘦，但是聲音卻很響亮，有人說他是東三省人。有人曾聽過他在唱「松花江上」的時候哭了起來。難道是在唱「……爹娘啊，爹娘啊，什麼時候，才能回到我那可愛的故鄉？……」那幾句歌詞的時候嗎？

我還聽過一首叫「嘉陵江上」的歌，歌聲裡也滿帶著想念自己家鄉的味道。開頭是「那一天敵人打到了我的故鄉，我便失去了我的家人、田畝和牛羊，如今我徘徊在嘉陵江上，我彷彿聞到了故鄉泥土的芳香，一樣的流水，一樣的月亮……」。怎麼很多想念老家的歌名都帶著一個「江」字呢？

張老師在教大家唱「你這個壞東西」的時候，也講了快半節課的話，要我們把自己的「氣」、「恨」使勁用歌聲表示出來。「你想國家已經到了生死存亡的關頭，那些喪盡良心的奸商們還在大發國難財。這種人還不該下十八層地獄嗎？來！唱吧——你、你、你，你這個壞東西，市面上日常用品天天貴，這都是你，都是你的壞主意……囤積居奇、抬高物價、擾亂金融、破壞抗戰，都是你，都是你，都是你這個壞東西，你實在該槍斃……」

有的時候對歌詞裡面的意思，自己還不十分明白，要經人解釋才弄清楚，譬如說在「黃河大合唱」裡就有「……青紗帳裡游擊健兒逞英豪……」這麼一句，原來「青紗帳」就是指北方長高了的高粱地。

記得以前在爸爸的部隊裡，也有一些不懂歌詞的意思就跟著大夥亂唱的大兵們，人家原來是「冒著敵人的炮火前進」，他們卻唱成「摸著敵人的腦殼前進……」。

山神廟　十二月×日

在通往邵武、光澤的路旁，有一座小廟，老師說它叫「山神廟」，學校裡地方很小，課外活動的時候，老師就常帶著我們往外頭走走，今天走到了這裡，可說是最遠的一次了。

以前在別的廟裡，除了會看到一些和尚之外，也常見到有部隊駐紮。可是今天什麼也沒有，難道和尚們都跑了？沒聽人說「跑得了和尚跑不了廟」嗎？也許是因爲廟太小了，要駐部隊恐怕連一個班也容不下。

又聽說這裡的部隊幾乎都調到雩都那裡去了。那一面到底算是「前方」，那一面到底算是「後方」，我也弄不清楚。

走在路上的時候，老師還告訴我們，如果拉警報，我們就要往兩旁草堆裡躲。不過聽說日本飛機還從來沒到這裡來過。難道這也像王大娘她所說的「風水好」嗎？

11 最後關頭（一九四五年）

小城之春　二月×日

不過一個月的樣子，新舊兩個「年」都過去了。媽說眼看著我們離開北平已經過了三個年了，每過一年人就會大一歲，歲數愈大，就該愈懂事。

我只知道每到過年就會很熱鬧。可是今年的熱鬧好像少了一些，或許是因爲小小的山城本來人就不多，再加上原來的朋友們，很多都跟著部隊往寧都那兒去了。剩下的我們，因爲還沒聽到大炮響，仍然留在這裡。

黎川城裡街道比別的地方來得窄小，過年的那幾天除了一陣陣的鞭炮響起之外，還有一群一群的人們走過，有些手上拿著「抗日必勝」、「建國必成」的小旗子，說是要響應什麼「知識青年從軍運動」。大家一面走過狹窄的街頭，一面高唱著大家都已耳熟的軍歌——「同胞們，向前走，別退後。拿出了我們的血和肉，去拚掉那鬼子們的頭，犧牲已到最後關頭，犧牲已到最後關頭……」唱到最後在數「一、二、三、四」的時候，聲音顯得特別大。

有些念高中的大哥哥們已經在動心了，可家裡的人還不太願意。尤其是爸爸媽媽們，以為既然是「從」了「軍」，遲早有一天要上前線的，難免都有些捨不得。

前些日子裡也有人問過媽，要不要把我送到「遺族學校」裡，在那裡念書一切都不用花錢，還管吃管住。可是當媽一聽說這種學校要到大後方才有，大後方離這裡太遠了，去了那裡，一年半載地恐怕也難得見到一面，更叫人不放心的是，就算在那裡念完了，還不是又要走上「當兵」的老路。算了吧，我們還是自己養活自己吧，她大概又記起「老天爺餓不死瞎麻雀」那句老話。

野放　三月×日

從「小放牛」的歌詞裡，我知道了開紅花的是桃樹，開白花的是李樹。在不上課的時候，有同學來找我玩，我們就往城外果樹林子裡跑。我除了從花的顏色能看出將來結的果子之外，還記得媽說過「桃保、杏傷、李子樹下抬死人」的話，表示李子不能多吃的意思。

有幾個玩伴，用兩條厚厚的鬆緊帶綁在一根削得很短的樹椏上，做成了一副彈弓，可以把一個小石子射得很遠。他們常帶著這些東西到樹林子裡打小鳥。小鳥要是被他們打中了，準定是活不成的。

有一次他們送給我一隻還會飛的麻雀，我把牠帶回家裡，向房東老媽媽要了一個裝小雞的籠子，裡面放了一些米和一杯水。可是媽卻要我把牠放了，她說這種鳥在北方叫作「家雀」，可是卻是以野外爲「家」的。要是非把牠圈在籠子裡，牠會受不了的。我說我要試試看，果然牠眞的是不吃不喝，我急了，到菜園子裡抓了幾隻小蟲子，掰開牠的嘴巴，把蟲硬塞進去，牠還在左甩右甩把蟲甩出來，晚上不停地嘰嘰叫著，兩天下來眞的就不行了。我把牠埋在菜園的一角，我很後悔，該早些把牠給野放的。原來四野才是牠自己眞正的「家」。

梅雨　四月×日

曾聽說過「清明時節雨紛紛」，果然這幾天的天氣實在叫人受不了。很多東西都快發霉了。媽說這還是離開爸爸以後的第一個「清明節」呢，看樣子，老天爺眞的是讓我們去不成了，你想兩三百里地在這種天氣裡怎麼個走法呢？更何況說不定鬼子們已經把那裡給占了。

趁著午後雨稍歇小了的時候，媽又帶著我往郊外去了。除了一些金紙之外，我們又燒了一封信。信上寫的是：「無論多麼困難，我們還會回來看你的，你耐心地等著吧，等到天下太平了的那一天，咱們還一塊兒回老家呢……」

從軍行　五月×日

這幾天到處在喊著：「一寸山河一滴血，十萬青年十萬軍」，教我們國語的曾老師從軍去了，他一走，學校裡只剩下一位男老師了。我記得最清楚的是，曾老師曾教過我們一課描寫墾荒地的課文，裡面有一句是「把隔年的稻根泥，重新翻過來曬太陽」。當他把這一句念出來的時候，念得特別好聽，簡直像在唱歌一樣。

媽說，爸爸也是在老家縣城裡念完了中學就進了「講武堂」（民國初年，各地地方政府多建有專門研習軍事之學堂，如東北有「東北講武堂」，西南有「雲南講武堂」等）的。他和日本鬼子打仗從長城就開始了，那時候他還是個小排長，直到過了黃河，又過了長江，如今終於埋骨在長江以南了。還不過三十幾歲就離開了人世。爸爸在世的時候曾說過：很多歷史名將都是如此——生逢亂世的時候，那一位什麼「三十功名塵與土」的岳飛就是其中一個，自己恐怕也是如此，可真的被他說中了。

曾老師在上課的時候，也跟我們提過一位歷史人物——文天祥。他也是一位念過很多書的武將。正巧他還是江西人呢。

最後我弄清楚了，這兩個人雖然都是生在宋朝，都是文武雙全，都是死在亂世，不過也有不一樣的地方——文天祥是死在敵人的手裡，而岳飛卻是死在自己人的手裡。

楊家將　七月×日

山城裡，天黑得特別早，晚飯之後，接著就要上燈了。今晚天氣還不錯，沒點燈，趁著天上閃亮的星星，就跟著媽坐到前院裡，聽她說「楊家將」的故事了。

前個把月的一個下午，在章副參謀長的家裡，聚了很多人，大夥是去聽留聲機的，媽說在北平人們管它叫「話匣子」，旁邊有一個把手，在放唱片之前要搖上好幾圈，說是在上發條。那天放的唱片是「四郎探母」，是一齣聽起來叫人很難過的京戲，裡面的唱腔，有很多地方都是哎呀哎呀地拖得很長，一直到最後唱出「……母子們要相見，除非是在夢裡團圓……」。

媽說，你看人家楊家一大家子人，從老令公到兄弟八個，一個個在「忠君爲國」之下，死的死，離的離，連親生骨肉好不容易要聚上一宿都不可能，眞叫人寒心……

媽又指著天空上一道長長白白像雲也似的寬線，說那是「天河」，書本上叫「銀河」。「河」的一邊有三顆連成一條線的是「織女星」，另一邊斜對面也有三顆不成一線的是「牛郎星」，再過幾天他們就要「會面」了。當天晚上如果是不會說話的啞巴，在葡萄架下，還能聽得出牛郎和織女在會面的時候所說的悄悄話呢。我想：眞有這種可能嗎？我才不信呢！

狂歡　八月×日

見到的人都像瘋了一樣，日本鬼子投降了，最後的勝利眞的是屬於我們了。媽說這實在是像做夢一樣。雖然打從好幾個月之前就不斷地有好消息傳來，說是打了八年的仗，一直被日本鬼子攆著打（「攆著打」，北方俗語，即追著打的意思），如今我們在雲南、貴州、廣西那一帶也能攆著日本鬼子打了。有人心裡還在犯嘀咕——眞有這麼回事嗎？直到三天前，聽說日本廣島挨了美國人的一顆「原子彈」——這下子小日本準是快撐不住了，連房東老大爺和老媽媽都在說：老天爺總算睜開了眼。這輩子還能過幾天太平的日子。

媽向他們說：說不定等日子眞正安定下來之後，他們的兒子和媳婦又跑回家裡來了。兩個老人家說，要是眞的盼到了這一天，他們一定會到廟裡去燒高香，菩薩面前磕響頭，天師府裡去還大願的。

12 再見蕭蕭（一九四五年）

秋風又起　九月×日

一連熱鬧了好幾天，總算漸漸地靜了下來，天氣也轉涼了，菜園子裡的西紅柿採收了之後，又改下胡蘿蔔的種子了。媽幾乎天天都往部隊「留守處」那裡跑，去打聽這幾天部隊的動向，到底哪一天才能離開這裡，回到來時的路上？得到的回答總是：先別急，咱們雖然是打贏了，在行動上一切還是要聽候上邊的指揮，「勝利還鄉」誰不想？可是要「還」還是得等到「一聲令下」才行。

媽說她心裡一有事，連晚上的覺都睡不好。要是再過幾天還不見動靜的話，她眞想一個人去爸爸的墳上看看了。可是算了一下，來回至少要趕四五天的路呢！要是帶著我去，一來是怕我走不動（我想我應該不會吧），二來怕我耽誤了功課，最後只好作罷了。

再等上幾天再說吧！

歸程　十月×日

雖然「留守處」的人說，往回走的日子還要個把禮拜才到，目前部隊已經從贛州方面往這裡走了。媽這幾天就開始收拾東西了。她說「留守處」雖說過兩天能派得出人來的話，再找個人來家裡幫忙，媽給推謝了。說自己不妨慢慢地拾倒（拾倒：收拾也），要是實在不行，再來麻煩「處」裡。她在家一面張羅著，一面還說：所謂「人在人情在」，如今人已經不在了，一切只有靠自己了。

我要幫媽捆東西，她笑我年紀太小，勁不夠，她還記得北平人有句話說「麻繩拴豆腐——經不起一提」。我想起才到這裡那幾天，我要幫著在菜園子裡搭絲瓜架，她曾說我搭的簡直是「娘娘駕（架）」，大概也是經不起一擊的意思。

媽問房東老媽媽的兒子念過書沒有，原來他還曾到南城城裡念過中學呢。媽一聽，就決定把帶來的書全都留了下來，也許行動起來，書是分量最重的東西了。還有一些笨重大件的東西，也都準備留給老媽媽們了。

望鄉　十一月×日

動身的日子總算到了，聽說這一次的目的地是鷹潭，到了那裡，說不定還有火車可坐呢！自從離開南京以後，已經有兩年多沒坐過火車了；別說「坐」了，連見都沒見過呢！

在往南城這一段，我們還是用走的。東西雖然比來的時候少了很多，可是媽總是嫌一路上走得太慢了些。她說，別小看了她那雙裹過的小腳，趕起路來是絕不輸一般大腳片子的老爺的。在快到南城的路上，還曾看見一輛冒著黑煙，一面走一面「波波波」響的汽車。有人說，它冒黑煙是因爲燒的炭成分不好，不到非不得已的時候，這種車不坐也罷，因爲坐上去搞不好一會兒就要拋錨了。曾有人俏皮地改寫了一首童詩（童詩原句是「一去二三里，煙村四五家，亭台六七座，八九十枝花」）來描寫它：「一去二三里，拋錨四五回，修理六七次，八九十人推」。

重逢　十一月×日

眞沒想到已經過去一年半了，又在爸爸的墳前見到了門福，他眞的還在「伺候」著他的老長官，這一「伺候」就是一年多。他留起了鬍子，雖然不長，還夾著幾根白的，人好像瘦了一些，媽說他變老了，他說：「當然嘍，都什麼歲數了，不過眼看著小少爺不但又長高了些，更叫人高興的是比原來又結實了起來。總算大夥熬出頭了！我個人也快可以交差了，等改天我們去鎮上，挑個上好的樟木箱子，回頭把老長官給請出來，不過才一年多，恐怕還不太乾淨，說不定還要到河邊去清洗一番，到時候小少爺就不必來了，免得犯了沖……」

我只知道江西省確實有個地方叫作「樟樹」，莫非那一帶眞的出產樟木嗎？

江水東流　十二月×日

果然我們在鷹潭又上了火車，上車時我們多了一件行李，那就是裝著爸爸的樟木箱子，無論搬到那裡，都是媽自己提著，她不讓別人接手，爲的是怕被人感覺到箱子的重量不太一樣。

門福送我們上了火車之後，就沒有跟著我們來了，他說他要是還留在家裡的話，顯得多了一個累贅。如今該是大家各自想法子奔上回老家的路了。

我只知道我們的老家是在北方，而我們卻是從中國的東邊來的，現在又要先回到東邊去，最後的目標是上海，聽說那裡很熱鬧，有電車可以坐，有電影可以看，還聽說等我們到上海的時候，可以去看一齣叫「一江春水向東流」的片子，裡面演的是很多人都經歷過的抗戰苦難的故事。而我覺得這個電影名字眞湊巧——我們這一趟去上海所坐的火車並不是一直通到底，聽說只能到浙江的江山，到了那裡還得換船，接著就是沿富春江一路東下，這不也是「一路江水向東流」嗎？

一無所有（一九四六年）　一月×日

上海的愚園路在市區的西邊，我們暫住的房子原來是一座叫「豐田」的紗廠，愚園路上有我第一次見到的無軌電車，記得當年在北平見過的都是有軌的，再往西邊去就是中山公園，中山公園也有人叫它作「兆豐公園」。可能是日本味太濃了，才改成「中山公園」的。公園裡和馬路上，一大早常可看到一些日本漢子在掃大街，衣裳穿得不算多，有時顯得畏畏縮縮，在他們工作的地方，偶爾會站著一兩個中國兵，有人說是在看著他們，也有人說是在保護著他們——爲的是怕有些要「解恨」的中國人打他們。又聽說再過不了幾天，他們就都要被送回日本去了，很多人都說日本兵很聽他們天皇的話，瞧他們今天這副窩囊樣，難道也是他們的天皇教出來的嗎？

媽又想起回老家的事了，尤其是在聽說日本人快要被送回去了之後，她說，連人家打輸了的都還能重回自己的家鄉去，而我們打贏了的呢？又怎麼樣？不是更落得個「一無所有」嗎？

聽媽說，長江以北的新四軍和黃河以北的老八路都不接受整編，接下來的仗還有得打呢！往後的日子又怎麼過？她不禁又想起幾年來大家都很耳熟的歌聲——

離別了白山黑水，走遍了黃河長江，流浪啊流浪，逃亡呀逃亡，流浪到那裡？逃亡到何方？……那年那月，才能回到我那可愛的故鄉？……

13 不得歸去（一九四六年）

過江　五月×日

我們又離開上海了，火車從上海西站一直往西開，經過一個叫「奔牛」的小站，有人說這地方原來是叫「犇牛」的——要是這樣的話，不就成了四頭牛在一起「奔」了嗎？——到鎮江下車了。本來要直接過江北上的，不知是因爲天色太晚，還是風浪太大，等我們上了船，一直沒開，大家只好在船艙裡過了一夜。媽媽說，上次過江是從浦口往南，那已經是四年以前的事了。這一趟雖是過江往北走，但是一時半刻還是不能回到老家去的，暫時落腳的地方是江北的揚州。

不管怎麼說，她說總是覺得離老家愈來愈近了一些。只好再等等看吧。

綠林好漢　八月×日

到揚州的第二個月，我被父親的一個老部下帶到揚州中學，在一個辦公室裡，我被問了一些問題，大致地要我寫了一下從小到現在的讀書經過。起初說我念初一恐怕嫌小了一點，後來陪我去的人就說：「那就讓我們隨班附讀吧！」學校答應了。就這樣，我總算又有學校可念了。

學校的大門口除了掛著一塊「江蘇省揚州中學」的大牌子之外，另一邊還掛著一塊「中國童子軍第六十團」的牌子——我好高興，我可以做童子軍了！

我最喜歡上「童子軍（童訓）」了，教課的孫老師說：「我們的編號是『六〇』團，也就是我們不忘自己是『綠林好漢』的意思。」他一說，我可更起勁了——原來在「跑日本」的時候，根本沒有電影可看，戲台上偶爾演出一些話劇，可是在台下總是聽不清楚。只有一聽到鑼鼓點響起，一些愛打不平的「綠林好漢」們出場時，我就跟著大家吆喝起「好」來。原來「六〇」二字，用揚州話念出來就和「綠林」同音。

四十八年後的揚州中學大門。

隨俗　九月×日

最不習慣的，就是在學校裡上課大家都講揚州話，起初我和同學們講普通話的時候，可能他們也不大順耳，全班數我最小，說話口音又不一樣，所以被取了一個外號叫「小侉子」，記得前幾年在皖南的時候，也被人這麼叫過，這次又來了，我還向他們爭過一陣子，可是過了個把禮拜之後，我的口音就和他們一樣了，外號自然也就沒有了，我就眞的和大家「打」成一片了。孫老師還說，我在「童訓」課上表現不錯，準備派我做小隊長呢。來年暑假還有露營活動呢。

老師們　十月×日

教地理的顧老師也很喜歡我，他常在黑板上畫起地圖來，要我們回答沒有寫出地名的地方。也許因爲我到過很多地方，許多地名我都能說得出來，他的口音又不大一樣，他是更北的阜寧人，他的弟弟也在我們班上。

我們班上有一個叫黃忠懷的同學，聽說他爺爺過去也是我們學校的老師，叫「黃泰」，還曾編寫過高中數學課本。另外，還有一個叫唐家璽的女同學，她爸爸也在我們學校教書，叫唐叔眉。

我的英文在江西時已小有基礎，上起課來沒有問題。教英文的老師姓宮，上起課來常見他打呵欠，他的兒子也在我們班上。

我覺得最困難的課就是算術了，也許是在過去各地「游學」時，課程連接不起來的緣故，這時上起課來，很多都聽不懂。老師姓陳，只有一條腿，左胳臂下夾著一支枴杖，走進教室後，就把枴杖靠在黑板的旁邊，手扶著講台，轉過身去寫黑板，算式演練都是橫著寫的，他一隻腳站在講台上，單腳左右移動一行一行地寫著，一點也不困難。可惜的是我程度太差了，能弄得明白的，實在太有限了。

國文老師姓王，個子矮矮的，聲音很洪亮，上課不大帶課本。常常跟我們談起「揚州八怪」。尤其是鄭板橋，講起他的「道情」來更是特別起勁。只見他在講台上身子向上一竄一竄地，閉眼搖頭。他把每一句的內容都說成了一幅畫面，而且還唱給我們聽，唱完不許我們拍手，因為隔壁班還在上課。作文課排在禮拜四的下午，他就帶著我們走出天寧門，到瘦西湖，過了五亭橋，到了平山堂休息一下再回來，下次再上課，要我們交出一日遊記，他再一一批改。

音樂在「樹人堂」上，「樹人堂」是學校裡最高的房子，全校的升旗台就在最高層的樓頂上。站在最上面可以望出城牆外面的田野，音樂課就在最底層的大禮堂裡上，老師姓葉，叫「大根」。他不許我們看簡譜，要我們一定要會五線譜，說著他就在小黑板畫了一道橫線，頑皮的同學就跟著喊出：「一（葉）大根……」他回過頭來笑了一下，接下去畫時自己也一面叫著：「兩大根……」我印象最深的一首曲子是「漁舟唱晚」，最後兩句是「……風雲變幻原是夢，釣名那及釣魚好」。

有人說，他寧可要我們把七個音階念成「獨、攬、梅、花、掃、落、雪」，也不要找不到「豆芽菜」在五線譜上的所在，其實七個音階照揚州腔念起來倒眞的十分相近呢。好有詩意啊！

二分明月　十一月×日

校歌裡最後兩句是「剛好有二分明月，高湧海東頭」，我不知道是什麼意思。經過

當年就坐在這裡上音樂課。

老師的解釋，原來是過去曾有一位詩人說過，大意是：天下有明月三分，揚州就占了三分之二。可見揚州在過去是曾經風光過一陣子的。

有關揚州的「風月」，聽說還有「腰纏十萬貫，騎鶴上揚州」，以及「煙花三月下揚州」等等。在百來年前，揚州還是有錢的鹽商們愛住的地方。如今的「南河下」一帶還有很多他們的深宅大院。

懷古　十二月×日

音樂課上教了一首叫「懷古」的歌。歌詞的最後一句是「莫盡在紀念碑前做夢」，「不做夢」的意思，就是要人「多想想」嘍。揚州本身就有很多古蹟，其中有一些是和三百年前的史可法有關的。市中心的「小東門」一帶，現在已經是一處很熱鬧的市場了。傳說那就是當年他戰死的地方。城北的天寧門外的梅花嶺上，還有他的「衣冠塚」。是因爲他戰死之後，一直認不出那一具才是他的屍體，後人就以他生前穿戴的衣冠埋在那裡。爲了紀念他，旁邊還建了一座祠堂，不過因爲駐過兵，裡面已是破落不堪了。

「史閣部」的祠堂究竟是誰建的呢？是他的敵人爲他這位「可敬的敵人」建的嗎？不太可能吧。如果是，那也該是好多年以後的事了。因爲當年在他「堅決抵抗」之下，敵人曾付出了相當的代價。爲了追討代價，在城破之後，就發生了「揚州十日」殘酷的屠城事件。要是當年他接受了「和平談判」的話，多少的「生靈」不就可免了被「塗炭」了嗎？

我這樣想，該不會是在「做夢」吧！

14 和平的期盼（一九四七年）

腳爐 一月×日

這幾天以來天氣特別的冷了起來，媽媽說快趕上北平的臘月天了。她說，在老家常有一句話說——臘七臘八，出門凍殺——所以一進到臘月，大家能不出門就不出門。都把炕燒熱了，就在炕上捂著被子做起各自的針線活計來。不過就是怕起大風的日子，尤其是在夜裡，只聽窗戶外颼颼地一陣一陣鬼哭狼號也似的聲音，好不容易睡著了，第二天一大早醒過來，就不免滿嘴「牙磣」——也就是說，上下牙齒之間有沙塵的感覺。

揚州的冬天，雖然沒有火炕，也沒有那麼大的風沙。可是我在學校裡也碰上了自己的難題——期末考的國文科規定一定要用毛筆作答，這下子我可麻煩大了。因爲帶來的墨盒和毛筆都結起冰來了，根本寫不出字來。沒法子，只好把毛筆尖放進嘴裡，哈上幾口熱氣，等筆尖哈軟了之後，再寫出幾個字來。我的毛筆字本來就夠難看的了，再這麼一折騰，更是寫得歪七扭八了。這下子改考卷的老師一定會很頭痛。

別的同學都早有準備，每個人都提著一個烘腳爐子，爐子裡燒著一些木炭，爐子上面有個銅蓋子，打了許許多多的圓洞，熱氣就透過這些洞冒上來。本來是用來烘腳的，可是大家把墨盒放在上面就不會結冰了。

提起「腳爐」來，我想起班上一個年紀比較大、常常喜歡挖苦別人的同學。他曾念過一首「寶塔詩」來挖苦長天花的麻子臉。全詩從一個字到十個字共有十句，都還押韻呢，分別是：

篩
天牌
腳爐蓋
雨打塵埃
蟲吃蘿蔔菜
石榴皮翻過來

……

其中「天牌」我知道是牌九中點子最多的一張牌，是兩個六點合成的。當年王雲山背著我出去賭錢的時候我見過。他把兩張牌疊在一起，每當他看到上面的這張天牌，就一面往下抽一面喊著：「七七八八不要九……」，結果「一翻兩瞪眼」——輸贏就決定在底下的那張牌全都露出來之後（「天牌」共十二點，下面一張如爲七，則共爲十九，謂之「天九王」。是九點之中最大者。如爲八，則謂之「天杠」，更大。如爲九，則共有二十一，只能按一點算了）。

我回家把這首詩念給媽媽聽，她卻說，腦子裡不要老是記這些「缺德的順口溜」了。她還說，當年在皖南王家的大哥哥就是個大麻臉，他還教我唱過幾段京戲呢，像是「四郎探母」和「武家坡」之類的。並且還就在皖南，我自己差一點也成了個麻臉——在床上躺了幾天之後，臉上一下子冒出一些有大有小的暗紅點子，爸爸又不在身邊，急得媽媽找人背著我去看了當地名氣很大的大夫，配了幾帖藥，熬出來的汁可眞夠苦的了。又把泡過藥水的棉花一片一片地敷在我臉上，說是要把毒性往下半身趕。幾天之後，果然臉上的紅點子漸漸淡了下去，兩條腿上卻冒出了一些黃豆一般大小的水泡，幾天之後結成了疤，難道這是所謂的「天花」嗎？

漫長冬日　二月×日

這個寒假過得好像特別長，音樂課雖教過一首歌，歌詞裡有幾句是：「……嚴冬過去就是陽春，跨過了橫屍向前面看吧，向前面看吧，天空中笑著中華的黎明」。英文老師也向我們提起過一句英國詩人寫過的：「冬天如果到了，春天還會遠嗎？」可是今年的春天，實在叫人等得太不耐煩了。

再加上我是剛從各地「游學」而來，功課的基礎本來就不太好，媽媽總是要我趁著寒假，把一些趕不上別人的功課自己趕起來，平常沒事少向外頭亂跑。

她總是說：「要知道，你現在是個沒爹的孩子，不能和別人比，和別人站在一起，你要知道自己比別人矮了半截。尤其是在外面不要惹事生非，別人出了事，會有爸爸去頂著，你可沒有人會替你撐腰，凡事都得要自己一個人扛起來……」說得我覺得好悶啊！我眞希望寒假趕快結束，我眞想快點回到學校的廣大足球場上去。

每次上體育課，由於我個子矮小，籃球場上沒有我的分，可是我可以在足球場上去盡量地踢個痛快。老師常常叫我打中衛，每當我一個大腳把來犯的球兒踢過半場的那一刻，我眞感到十分得意。

歲寒三友 三月×日

歷史老師說「歷史是有根據的故事」，又說比梅花嶺上的史可法晚了幾年的顧炎武，曾經根據孔子時代的「論語」說過：「松柏後凋於歲寒，雞鳴不已於風雨。」

「歲寒」是指一個人周圍的「天氣」。不怕冷的植物，除了松樹和梅花以外，還有竹子，它們被合稱爲「歲寒三友」。啊，我明白了，爲什麼「史公祠」要建在「梅花嶺」，而不建在「桃花塢」了。

至於另外「三友」之一的竹子，除了不怕冷之外，還長了很多的「節」，像史可法、顧炎武他們，都稱得上很有「節氣」的歷史人物。

子規鳥　四月×日

常常聽到一聲一聲「布穀，布穀」的鳥叫聲從城外的鄉間傳來。我想這大概就是所謂的「布穀鳥」在催促農人們快快下田去「布穀」吧，也有人叫牠作「杜鵑」。

教國文的秦老師是少數用普通話上課的老師。他又說「杜鵑」是另外的一種鳥，體型小一些，也叫「子規」。叫出來的聲音也比較悽慘，每每在深夜裡叫著「……不如歸去……」，叫得身在他鄉的遊子們心裡發慌，就編出了「杜鵑泣血」的故事。故事的大概是說——

在很久很久以前，在蜀地有個叫「杜宇」的君主，死在外地之後，靈魂化作一種鳥，就是「杜鵑」，也叫「子規」。我想應該叫作「子歸」才對——牠總是「不如歸去，不如歸去」地叫著，遲早一定會得「思鄉病」的。在英文課上曾聽老師說過，外國人也會得這種病，就叫作“home sick”。

講普通話的秦老師不是本地人，他老家大概是河南吧。年紀並不大，卻長著一頭蒼白蓬鬆的頭髮。他講起課來，總是很自然地帶著笑容，不過有一次當他念出兩句有關「杜鵑」的詩來，笑容好像被他收了起來，那兩句是：

「圖書館」三個字是吳健雄校友題的，她是諾貝爾獎金得主之一。

等是有家歸未得，
杜鵑休向耳邊啼。

大汪邊　六月×日

沿著揚州城牆西邊城裡的一片地方叫「大汪邊」，也就是我們學校的所在地。校門是朝東的，進了校門左邊是大操場，一路往北去就是「樹人堂」，再過去就是「一字樓」和「口字樓」，全校的教室就在這兩棟樓裡。更北去是「自省樓」，那是遠地同學所住的宿舍區。校園雖然不小了，可是就在城裡還有一處分部，不過現在正被駐軍占著。偶爾上課時還能聽到槍聲，原來他們是在打靶，我想靶場總該是在城牆之外吧！

學校的高中部還分了普通科和理工科，理工科畢業的，聽說有很多都考上了上海的交通大學。我們初中部的就沒有分班了。我們一學期只考兩次，一次是期中考，一次是學期考。前幾天高中部的老大哥們，還爲了反對上面要增加我們在畢業後的「會考」準備鬧事呢。他們說，學生們走向人多的地方，去大喊：「反內戰、反饑餓、反……」

反這個反那個，都是爲了要表達自己心裡的想法。增加我們的考試，也管不住我們的「心」。

我們初中部的學生，一般說來，都比他們小個三四歲，懂得的事比較少，沒有什麼人去參加他們的活動。我們喜歡的一些課外活動，還是孫老師帶著我們的童子軍活動，像「結繩」、「搭帳篷」之類，聽說今年暑假我們還要露營呢！到時候一定很好玩。

露營　七月×日

露營的這一天終於到了。大操場上搭起了五六座帳篷，每一張帳篷前面還掛著一面三角小布旗子，上面有各式各樣的動物，有的是獅，有的是虎，也有用梅花鹿的。

在帳篷的一旁還搭起了一個簡單的爐灶，孫老師說是爲了訓練我們的「炊事」用的，還有女同學來參加洗菜淘米煮飯等工作，一切事情都是由小隊長分配。到了晚上還有營火晚會，大家把四處找來的樹枝樹葉，引起火來，圍成一圈，有人帶頭哼唱音樂老師教過的歌曲，抬頭看著天上的星星，那座是獵戶星，那座是天狼星。我又想起以前在

「六口好漢」的營帳當年就搭在欄杆裡面。

江西走夜路的時候，媽媽還指著天上一道細細的白雲說，這就是「天河」，「河」的兩邊各有牛郎和織女星，他們隔著河，每年只有七月初七的夜晚，才藉著喜鵲爲他們搭起的便橋會上一面。見面之後的悄悄話，還能被啞巴聽得到。雖是個哄小孩的故事，說得眞像有那麼一回事似的。倒是孫老師說的比較實際，他教我們找出北斗七星來，找到了它，就能辨別方向了，在夜晚走路，它很管用，不至於迷失了路途。再看看小隊旗飄動的方向，大致也能預測明天的天氣。如果向東，表示是西風，颳西風好天氣的可能性比較大。

營火結束後，女生們都紛紛地離開了，剩下的男生們，老師要我們好好地輪流看守營帳，小心被人偷營了。偷營的方式是自己的隊旗被人拔走了就算得手了，這可算是很沒面子的一件事。

15 人物們（一九四七年）

朱自清　八月×日

暑假裡，老師們都開了一些功課要我們在課外自修。國文課的秦老師在上「背影」一課的時候，介紹作者朱自清，有人說他不是揚州人，可是他卻寫過一篇「我是揚州人」的文章。秦老師說他也不是揚州人，卻也在揚州中學教起書來了，他自己也可以寫這麼一篇文章了。

秦老師說「背影」一課是朱自清對他父親的一番懷念，說出自己內心的眞心話，表達了自己的「眞情」。另外老師還推薦了兩篇朱先生的文章：一篇是「給亡婦」，是寫給他妻子「謙」的一篇懷念性的文字，裡面充滿了他個人的「善意」。還有一篇值得一讀的文章是「荷塘月色」，字裡行間反映出他個人對周圍環境的「美感」。秦老師說，

照片取自「江蘇省揚州中學建校九十週年（一九九二）紀念冊，據編者稱朱自清爲「一九一六屆校友」。

「眞情」、「善意」和「美感」是個人一輩子主要的「精神糧食」。

對我來說，感受最深的還是「背影」這一課了。我想朱自清和他父親的相處是從小到大的，而我和爸爸的相處在我的記憶裡加起來還不到三年呢。

我想起了有一次在一個演唱會上，有人唱了一曲黃自作曲的「天倫歌」，一開頭就是「人皆有父，翳我獨無……」。

顧大我　九月×日

班上有一個名叫「顧大我」的同學，是開學後才轉進來的。老師說他的名字不錯，爲人處世要「顧」及「大我」是最高尚的目標。也有個年長的同學說過，他也曾聽過一個叫「仇戴天」的人，應該也算是不錯的名字。不過，老師說「仇」字當姓的時候應該念作「球」，不是「恩仇」的「仇」了。要是姓「戴」的話，能叫「戴天仇」就不錯了。常聽人說起的一句話叫「有仇不報非君子」。實際上這句話是有問題的，這樣下去會引起「仇連環」的，會一直的沒完沒了了。

公平交易 十月×日

常常看到有些同學在課餘的時候交換著自己家裡帶來的郵票，有中國的，也有外國的。我還記得爸爸以前的部下有一個姓文的文書上士，也有五、六本自己收集的郵票，他曾表示：如果有一天他又要被調去前線的話，就把郵票交給我來替他保管，要是能回得來的話，就分給我一半。要是回不來的話，就都算是我的了。於是在同學們交換彼此郵票的時候，我也湊上來稍稍見識了一下，譬如說愈是難得稀有的，就愈是珍貴。在中國郵票裡，有一種在版面上印著國父孫中山先生上方的青天白日的圖案印成了「雙圈」，是一項錯誤，以後的版面這種錯誤就不可能再犯了，所以犯了錯的「雙圈」反而比較珍貴。在外國方面，最珍貴的要算是英國的「黑便士」了，英國以及她世界各地殖民地的郵票右上角，都印著一個女王頭，一看就知道了。在外國郵票裡，我比較喜歡南美洲一些國家的郵票，一方面固然是因為這些地方離中國比較遠，另一方面也因為看到上面印著的人頭，大都是領子高高的戎裝將軍或國王之類的人物。至於A、B、C三國中的巴西，雖然占地很大，郵票看起來卻不怎麼樣。

宦官們　十一月×日

歷史老師說，宦官是一種專門在過去宮廷裡伺候內宮的人們，由於後宮裡女眷較多，皇帝爲了放心，就把他們給閹割過了。一般眼界比較高的大臣們都看不起他們，或許是他們自己也覺得雖然有不如人的地方，卻有常常接近皇帝的機會，常以此自抬身價。於是自恃甚高的大臣們把他們看作了「小人」，而自己則成了「君子」。兩方面鬧得最厲害的從後漢末年就有了，當時的一些「太學生」——相當於現代的大學生，常聚在一起批評朝政，尤其是對宦官們表示不滿。而宦官們也向朝廷上說他們是在結黨營私、圖謀不軌。鬧得政局動盪不安，長達二十年之久，直到漢代滅亡。

另外在明朝時代，宦官們也鬧得很厲害，前有劉瑾，後有魏忠賢。劉瑾設過一所「內廠」，裡面關過三百多個不聽話的朝臣。而到了魏忠賢，除了爲自己建「生祠」讓人奉拜之外，又設了「東廠」。大臣們一旦被抓進了「廠」裡，少不了用嚴刑拷打，受不了的，就死在裡面了。

不過，也並不是所有的宦官都是只會做壞事的。像明成祖時代的鄭和，就好幾次被派帶著船隊到南洋和西洋一帶，去替朝廷「宣威」，這可算是辦「正事」，儘管有的說他是派去尋找失蹤了的明惠帝的。

還有一個更了不起的人就是發明造紙術的「蔡倫」，原來也是東漢時代的一個宦官。

讀書和做事　十二月×日

老師說，宦官們常做出一些壞事來，倒不一定是因爲他書讀得不多的緣故。換句話說，會讀書的人也不一定會做事。有人曾說過「百無一用是書生」。尤其在現代新式教育還沒有普遍施行以前，一些一心想求「功名」的讀書人，只會埋頭啃書本，對外面的世界一無所知，曾有一則笑話從學校裡傳了出來——有一次老師帶著一群學生到郊外去遠足，經過一片綠油油的新插的秧苗時，有學生就向老師說：「學校大伙房裡的老王說瞎話，他說菜市裡買不到韭菜了。老師您看，這不是遍地都是嗎？」在這種情況下，書念多了，反而變得肩不能擔、手不能提的手無縛雞之力的「書呆子」了。

老師又說他所謂的「做事」，不一定只限於和自己有關的一些事，那只能算是一種

「小事」。「小事」做好了，還有「大事」。做「大事」更需要先從多讀書上頭去下基本工夫。在過去的朝代裡，有些「基本工夫」還不錯的，可是做出事來並不一定都能行得通。在宋朝的王安石（我想起來了，我還到過他的老家——江西臨川呢），本來是有一肚子的學問，又想做出一番「大事」來。可是因爲他的個性太強，和當朝的一些正在做「大事」的人物們「志」雖相同，「道」卻不合。所以他的一番大計畫都沒法子實現出來，前後兩次「變法」的主張，最後都宣告失敗。

另外，同樣在宋朝，也有一個書生應該也是讀過不少書，「事」也做得很「大」，但是做出來的都是一些壞事。所以在文藝的成就上就被後來人給除名了——那個人叫「蔡京」。本來在宋代，經過很多人的公認，認爲在書法藝術上很有成就的人物，共有四位，那就是「蘇、黃、米、蔡」。其中第一位「蘇」指的是蘇東坡，他本人也是不肯和王安石合作的人物之一。「黃」指的是黃庭堅，他和蘇東坡都是好朋友。「米」指的是「米芾」，這個人可能有點瘋瘋癲癲的，所以又叫「米顚僧」。而「蔡」則本來是指「蔡京」的，可是因爲大家認爲他的人品不好，就把這個「蔡」的名字給了另一個叫「蔡襄」的人。

16 春風暫綠江北岸(一九四八年)

瓊花觀 一月×日

在揚州城內稍稍偏東的地方有座像大廟一樣的建築叫「瓊花觀」，平時香火很盛，尤其到了快過年的時候。老師說凡是叫「觀」的，都是道士們聚集的地方。在蘇州有個「玄妙觀」，在北平有個「白雲觀」。瓊花是一種很漂亮的白色大花，花種不多。當年的隋煬帝特別趕到揚州來看它，他也許玩得太高興了，不想再回洛陽去，結果就被一個叫宇文化及的給殺了，隋朝很快也就亡了。

揚州城東有一條原來叫「邗溝」的河，就是隋煬帝開通的，這條河直通淮北，又在更北開了「通濟」和「永濟」二「渠」，打通了貫通中國南北的兩大運河。中國的河道原來大致上都是東西走向的，自從有了南北相通的河道後，往來起來就方便多了。

說起交通發展的歷史來，在揚州還有一位值得一提的人物，那就是義大利人馬可孛羅，他從威尼斯出發一路向東，從陸路上攀山越嶺，來到了當時被元朝的開國皇帝忽必烈稱作「上都」的京城。他受到熱忱的接待，見識到西方人還從來沒見過的新奇東方世界，他在中國一住就是二十年之久，並且還當過中國政府的官員。最後還是免不了思鄉心切的心境，便從水路回去了。在他回去的最後三年，就是在揚州過的。當時揚州已經是南北「漕運」的大城。從唐朝開始，在一些大城市裡，都設置了「市舶司」的分支機構，也許馬可孛羅做的，就是這類的「官」吧！

年關 二月×日

舊曆年的腳步雖已愈來愈近，卻常聽到有人在嘆著氣地說：「年年難過年年過」。甘泉街上「十歲紅」家旁邊賣熱水的「老虎灶」，就在年關過不去而關門了。媽媽也說，市面上的東西一天一天地貴了起來，這個年可要過得小心一點，一開學又要繳學費，等再到下學期，我就升上三年級了。

每到過年，媽媽都要我在一張紅紙牌上寫著「陳氏歷代宗親之神位」，算是「祖先牌位」，在除夕夜裡要對著牌位磕頭。除了牌位，還要向一個箱子鞠躬，箱子裡當然是裝著父親屍骨的。自從離開江西之後，媽媽一直都帶在身邊，她默默地念著，又熬過一年了。在他還沒有入土之前，來年的平安以及孩子的學業，還得靠他繼續保佑了。

又是春天　三月×日

老師出了一道作文題目：「又是一年春草綠。」

他又說：王安石曾有句詩是「春風又綠江南岸」。妙在其中的一個「綠」字——本來是一種顏色，是一個名詞，而他卻把它當作動詞來用了。可見中國文字的運用之妙，存乎一心。接著老師又念出了接下來的一句是：「明月何時照我還？」

「還」什麼呢，當然是「還鄉」了。王安石的故鄉是江西，是江南之南。春天的草色應該是更早的「綠」了起來。「還鄉」踏著月色，是表示爲了趕路呢？還是爲了更有情調？

秦老師的故鄉是河南，是江北之北，我的故鄉是河北，又是河南之北，大家到了春天都有想「還鄉」的同感。

人們把想「還鄉」的人叫「遊子」。音樂課上，老師教了一首「遊子吟」，把慈母的恩情，比作了「三春暉」。

宋朝的時候，河南的「汝州」出過兩兄弟，分別是程頤和程顥，他們都是學問很大的一代名師。當年有一位叫「朱光庭」的人，曾到程顥的講堂上聽了個把月的課。回來之後有人問到他的感受怎樣，他說像「在春風裡坐了一個月」，如果教室的氣氛像「春風」一樣，那麼學生們就實在是享福了。

清明時節　四月×日

清明節到了，曾經寫過很多和揚州有關的詩的唐朝詩人杜牧，也寫過一首很多人都會念的以「清明」爲題的四句詩，全詩是：「清明時節雨紛紛，路上行人欲斷魂，借問酒家何處有，牧童遙指杏花村。」班上一個年紀比較大的同學說，這首詩其實可以改成五個字一句，也就是說，每句可以少掉兩個字，照樣合理通情，譬如說第一句的「時節」兩字就可省掉，第二句裡的「路上」也可省掉，還說，你想「行人」不走在「路上」又走在那呢？至於第三句裡的「借問」兩字也可以省去，又何必那麼客套呢？而最後一句裡的「牧童」也是多餘的，指路誰都可以，何必一定要「牧童」呢？所以全詩經過縮減之後，就變成「清明雨紛紛，行人欲斷魂，酒家何處有？遙指杏花村」了，不是更簡單一些了嗎？

可是接下來他又說：唐詩發展到了後來，就演變出「詞」來，這首詩只要把標點和斷句改一改，也就成了一闋「詞」了，那就是：「清明時節雨，紛紛路上行人，欲斷魂！借問酒家何處？有牧童遙指杏花村。」

這好像是在玩文字魔術一樣，不過倒也滿有趣的。

再上前線　五月×日

曾經說過要我替他保管郵票的文上士眞的又上前線去了，他走之前，眞的就把五大本郵票簿子交給我了，我像得到了寶貝一樣地高興。難怪幾個月來，城牆根上打靶的槍聲漸漸的聽不到了，城裡的士兵們也逐漸的少了下來。

揚州城北有座叫「仙女廟」的小村鎮，聽說幾個月前軍隊就是從這裡往北打的，不過在攻「邵伯」的時候，曾費了很大的一番工夫。前前後後打了好幾次，才把陣地給「拿」下來。不過接下去的仗，聽說就很好打了，一路北上，好像已經打到山東去了。

爸爸已經不在了，他如果在的話，還不是一定也在前線打仗嗎？何況我還記得他是工兵科的，打起仗來，總是在前線的前面，好逢山開路，遇水搭橋，同時還要探測一下一路上有沒有地雷。

又逢亂世　六月×日

眼看這學年快要結束了，可是總是覺得到處傳出不安的消息，據說江南京滬線上大學生，常發動集體從上海到南京去「請願」的活動，就是所謂的在鬧「學潮」。其中以交大的學生最多，而我們學校高中部理工科畢業的，很多都會考上交大。又聽說上海開往南京的火車，因爲秩序太亂，鬧得火車都開不出去，交大的學生居然爬上火車頭要自己去開……學校裡的老師們都在說，我們揚州中學的讀書風氣一向很單純，不要受到外邊的影響，搞壞了自己求學的心情。

許多大人們都在議論從報上看來的一些打仗的消息，說是國、共之間在東北和黃河區一帶，都打得很厲害，這麼看來，回老家的希望愈來愈不容易實現了。

軍人子弟　八月×日

爸爸當年的好朋友李伯伯，從前線上得假回來了，他的兩個兒子一個叫大貴，一個叫小貴。本來我們一直都是玩在一起的。這一次他爸爸回來曾狠狠地揍了他們一頓，李伯伯穿著馬靴，一腳就把他們從堂屋裡給踹到門外去了。爲的是回家看到他們的成績單，除了功課一塌糊塗之外，操行都不及格，因爲學校裡說，他們常結夥打架鬧事，記過不斷。

李家兄弟各大我一兩歲，讀的是「慕久里」中學，有沒有來考揚中我不清楚。我只記得另外還有一個叫「方一鳴」的朋友，年紀和我們差不多，家裡很有錢，常拿錢出來請客。有一次還和我說，我們四個人年紀都差不多——算我最小了，等那一天我們買幾支香到廟裡去，在菩薩面前去結拜成金蘭兄弟吧！我們就叫「四大金剛」好了。我回家之後，把這事告訴了媽媽，媽媽卻說，我們不要去跟人家搞這一套，要知道人家是正經八百的「軍眷」，而我們卻是沒人管的「遺眷」，我們的身分要比別人矮上一截……她的老話又回來了。

媽媽又說，李伯伯這趟回來可惹了不少氣。他臨走還一再關照李媽媽，平常在家少去打麻將、串門子，有空還是收收心，多管教一下家裡的孩子吧！

升級了　九月×日

漫長的暑假總算熬過去了。

媽媽一直管得我很緊，出去那裡、跟誰玩，都要跟她講一聲，晚飯之前一定得回家。在家裡，除了在「擺弄（媽媽的話）」我的郵票外，偶爾也會看一些「小人書（媽媽的話，其實是一種有連環圖畫的故事書）」，看久了，媽媽也會嘮叨起來，不外是多把心放在正經的功課上吧。開學之後就是念初三了，已是初中最後的一年了。眼看就要長大成人了。

趙老師　十月×日

教我們數學的趙老師是個女老師，課程表上印的是「趙貞」，可是大家叫她「趙玉娥」的比較多。她一年到頭都穿著一身沒有腰身的藍色旗袍，瘦瘦的臉上，從來沒見她用過化妝品，一頭烏黑的清湯掛麵直髮，門牙稍稍有點暴，初二的時候就教我們代數，因爲我的算術基礎本來就不好，所以在代數的表現上也很差。可是到了初三，她改教我們幾何了。一開始她就向我們說明，「幾何」雖然也算是數學，跟算術和代數的性質並不一樣，它是講求「推理」的，過去數學成績不好的，不要一看到它就怕。雖然她一直是用揚州話講課，什麼「A嘎等於B嘎，A嘎等於C嘎，所以B嘎等於C嘎」這裡面的「嘎」，就是普通話裡面的「角」，一開始聽不太習慣，日子一久也就好了。接下去幾次的小考，我都能拿到九十分，使我對自己在數學上又有了信心。

打從進到揚中來，初一的時候，在功課上比較得意的是英語，初二以後由於王老師的風趣，和秦老師常常講到的一些「春風」的故事，對國文一科的興趣也很濃厚，想不到到了初三我對數學也喜歡了起來。要是能接下來在這裡一直念高中的話，那就好了。可是媽媽的心裡這幾天一直在犯嘀咕，她總覺得好像又要逃難了。

期中考　十一月×日

今年的期中考和過去兩年的比起來，叫人覺得有點不一樣——大人們或許是從報紙上，或許是從市面上，傳出來北方的戰事打得愈來愈厲害了——難道這就是所謂的「人心惶惶」嗎？我第一次明白「惶惶」這兩個字的意思，是從路邊的電線桿上貼著的一張紅紙，上面寫著：「天『惶惶』，地『惶惶』，我家有個夜哭郎，過路君子念一遍，一覺睡到大天光。」媽媽說：這表示某個家裡，有小孩子夜裡也許是做了噩夢，嚇醒了一直哭鬧，「惶惶」表示很害怕的意思。電線桿上貼著這個，希望被人念過幾遍之後，就替他家的孩子收驚了。其實這也可以算得上是一種「迷信」。

期中考的時候，學校裡也有些「惶惶」的樣子，盛傳著有準備遷校到蘇州的打算。想起了我們從上海來揚州的時候，不是還經過蘇州嗎？那裡不是在大江以南嗎？眞的要去那裡的話，豈不是又走上回頭路了嗎？

不管怎麼說，學校裡總是在教大家早些做個「心理準備」。既然這麼說，大家都拿出自己的紀念冊來，紛紛請同學和老師們分別留言。

成績單　十二月×日

教務處前幾天向我們每個人要了一張照片。原來是要放在這學期的成績單上，拿到成績單一看，我有兩科九十幾分的，其中一科就是「幾何」呢。我那張光頭笑嘻嘻的照片，就貼在「附註」欄的右下角，上面還蓋著學校的鋼印呢。就在「附註」欄裡還印著：「本學期學行報告書於必要時可做借讀證書或轉學證明用此註」兩行字，這眞是一份少見的「學行報告書」。

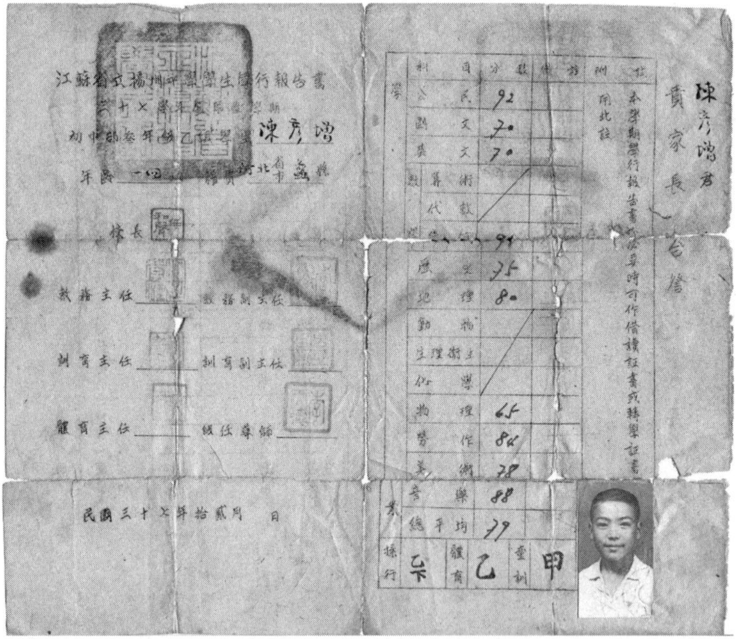

江蘇省立揚州中學學生學行報告書

三十七學年度第[illegible]學期

初中部叁年級乙組學生 陳彥鴻

年齡 一四 籍貫 河北省 [illegible]

校長

教務主任 教務副主任

訓育主任 訓育副主任

體育主任 級任導師

民國三十七年拾貳月 日

科目	分數
公民	92
國文	70
英文	70
算術	
代數	
[illegible]	94
歷史	75
地理	80
動物	
生理衛生	
化學	
物理	65
勞作	84
美術	78
音樂	88
總平均	79
操行	乙下
體育	乙
童訓	甲

本學期學行報告書[illegible]時可作借讀證書或轉學證書

附此註

陳彥鴻君

貴家長

台鑒

附著相片的「成績單」。

分出去的紀念冊也都一一收回來了。其中有一張女同學奚鳳弟題的是：「現在是過去的將來，將來是未來的現在」，我覺得這兩句話滿有意思的。我還記得歷史老師也曾說過：「過去是現在的歷史，現在是未來的歷史」。這些話都有些類似，要是奚鳳弟眞的是從這裡得到的心得，倒也眞算得上是個有心人呢。至於老師們題的字都是用毛筆寫的，教過我們「道情」的王老師，題的是簡單的「奮鬥就是生活」六個大字，而一向春風滿面的秦老師所題的則是：「用眼去看、用耳去聽，這樣那樣總其成」，雖不是什麼銘言，倒也是滿有「味道」的。我看出來了，這是要我今後多多用「心」去體會自己身旁的一切。

大家拿到了自己的紀念冊，離別的時間終於來到了。

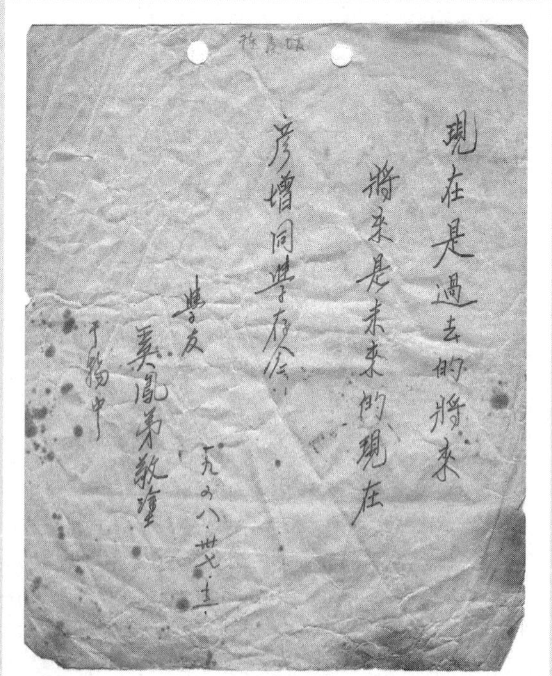

同學紀念冊題字，三年多以前的「往事」依然值得「回味」。

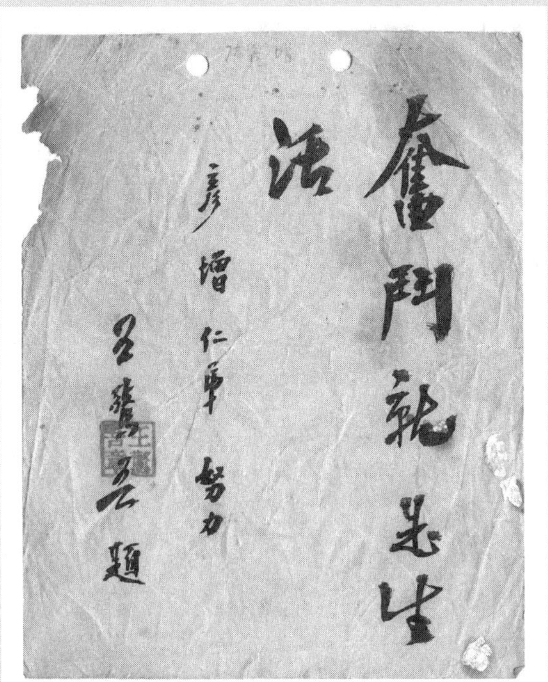

常在國文課上唱「道情」的王老師墨寶。

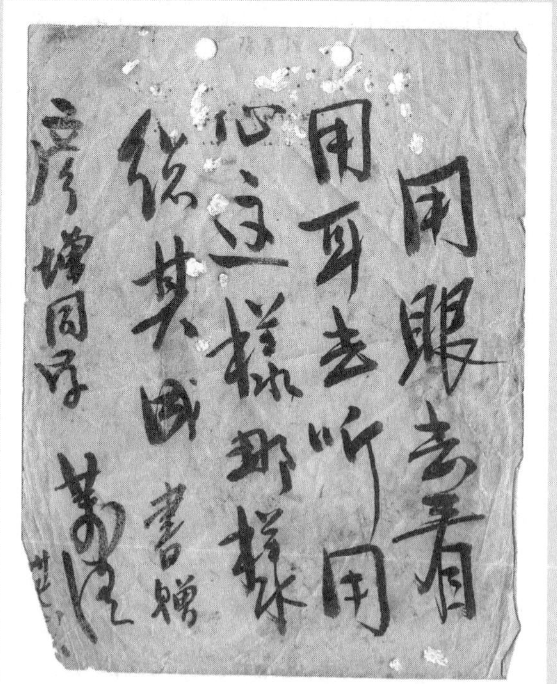

也有「思鄉情結」的秦萬里老師留言。

17 不再回頭（一九四九年）

瓜洲古渡　一月×日

從江西到上海，從上海來揚州，我們一直都是跟著爸爸以前部隊的「留守處」走的。聽說爸爸原來的部隊已經被打垮了，可是「留守處」還在。「留守處」看情勢在揚州也「留」不住了，只好再回過頭來往江南去，而且最後的目標也是蘇州——那不是和學校的安排一樣嗎？我們要是跟著走，豈不是還是有書可讀嗎？所以媽媽就決定跟著了。

江邊的碼頭叫瓜洲，記得我們從鎮江過來的時候，上岸的地方不是叫「六圩」還是「十二圩」來的嗎？原來那是另一處所在，瓜洲是個「古渡」口。聽人講起，原來在某一處滿是蘆葦的岸邊，還豎立著刻有「天塹」兩個大字的一塊石碑。原來我不大明白這

一九五九年的瓜洲「汽」渡。

兩個字的意思，等我搞懂了之後，啊！原來我們又開始逃難了！

大八良士巷　一月×日

在蘇州，我們住進了大八良士巷裡的一家深宅大院。這條巷子離北面的閶門不遠，巷子的名稱聽說是爲了紀念明朝的東林書院，曾出過八位很有骨氣的讀書人。從閶門進來是一條鋪著大石板的馬路，一大早在晨霧裡有馬車進城來，馬蹄上都釘著「ㄩ」字型的一塊鐵片，踏在石板上，發出很有節奏的「嘀噠」聲，比起揚州來，更有「古意」。

媽媽打聽到揚州中學要和空軍幼校合併，進了空軍幼校，將來不就一定是開飛機去打仗嗎？算了吧，咱們不去了，要死娘兒倆就死在一塊算了。

好冷　三月×日

媽媽在整理一路上所帶來的東西的時候，找到了一本爸爸所留下來的日記，把它交給我看。我看了之後，才知道爸爸當年曾經給自己取了一個「號」叫「了今」。我一時想起凡是叫「了」什麼的，好像都帶著一點「佛意」。譬如說，記得王老師曾向我們所提過的兩句話——

以前種種譬如昨日死，
以後種種譬如今日生。

這本來是一位明代的在家居士袁了凡所說的。

在爸爸的日記簿裡看到他在湖南零陵的時候，曾到可能是永州附近的一處叫「冷水灘」的地方，並且心有所感地留下了一首詩——

冷了冷今冷如眞，

冷得如來如現身，
借問冷君情何在？
冷水灘頭一片心。

四句裡頭第一句就有三個「冷」字，接下來三句每句有一個「冷」字，啊眞的「好冷」！

再上來時路　四月×日

終於我們又非走不可了。上了火車，經過上海，到了杭州的南星橋停了三天，南星橋爬過一座小山，就是有名的西湖了。大家都在「逃難」的半路上，也無心去欣賞大好的湖光山色了，只是向西望去，可以看到錢塘江邊的六和塔和跨江去蕭山的大鐵橋。

三天之後我們再上火車，過了大橋，又一路向鷹潭開去，使我想起幾年前從鷹潭到上海的路上，並不是這種走法，那次是從鷹潭上了車，往東進入浙江的江山，再到衢州換走水路，烏篷船順著有生以來看到最美的富春江一路往下「漂」著，船的兩側還有各式各樣的魚群，像在跟著船兒比賽。由於水是無比的清澈，水底的一切被人看得一清二楚。傍晚，船停在桐廬過夜，躺在船頭上，仰望著滿天星斗，心裡頭實在是舒服透了。第二天再過富陽，在杭州上岸。而這一次的來時舊路卻顯得未免「匆匆」了些。

我之所以想再過桐廬一次，是因爲後來聽老師說過，那裡有一座嚴子陵釣台，嚴子陵原來是漢光武帝劉秀的老同學。劉秀當了皇帝之後，到處找他來宮廷裡敘舊，兩人在深宮一直聊到很晚，竟然抵足而眠了。可能有大臣們看不過去了，第二天在上朝議事時，就有諫議大臣向皇帝稟告說：「微臣昨夜觀星象，見『客星犯帝座』……」而劉秀卻回答說：「多年的老朋友不見了，免不了會多聊上幾句嘛！是我把他留下來的，沒事，沒事……」不過這位老朋友最後還是留他不住，他決定自己隱姓埋名去釣他自己的魚了！

18 亂離與離亂

三來鷹潭　五月×日

媽媽說，看起來好像鷹潭和我們一家子有緣似的。打從離開皖南進入江西之後，這一趟已經是第三次來了。從蘇州上火車的時候，聽「留守處」的人說我又要回到江南去，再從鷹潭南下，說不定還要從當年的贛南再翻山越嶺到福建去避一避。最後的目標應該是閩南的廈門一帶，因爲畢竟那裡離戰區比較遠一些。

等大家把東西都下了車，在鎮上住了還不到三天，又變卦了——目標雖然沒變，走法卻不一樣了——再上火車回上海，再從上海走海路去廈門，照這種走法，豈不和幾何學上的一則基本定律違反了嗎？——兩點之間以直線最短。有人認爲這種捨「短」取「長」的決定，主要爲的是贛南和閩南之間原來曾是老共的老窩，除了山路難行之外，在安全上也大有問題，更何況現在已經不比前幾年了——抓伕民伕沒有以往那麼方便了，再其次，老共雖已在幾天前大軍過江了，可是在上海那方面，已經決定要動員海、陸、空三方面的保衛戰了。相信至少還能挺得上一陣子。要走就得趕快，於是就在這「來也匆匆，去也匆匆」的情況下，就這麼「匆匆」回去了。

由於時間上的過於匆忙，等回程車廂裡分配到的位置已經不夠用了。剩下最後的兩件行李實在是沒地方塞了。只好隨著其他人的東西一同簡單地捆在火車頂上。媽媽說：沒法子，只有隨它去吧！

輾了又轉　五月×日

車到上海北站，這才發現綁在火車頂上的行李都不見了。當然我們家的那兩件也在內，我們的兩件一是一只用了多年的柳條包，裡面大都是一些媽媽用慣了的隨手用具，這些她倒不太心痛。另一件則是一只木頭箱子，裡面大都是爸爸留下來的書，而我自己以及文上士託我代管的郵票本子也在其中，就是爲了這個，我又是一天不肯吃東西，媽媽說：「東西丟了，再難過也找不回來了，聽說還有人趴在車頂上給摔下去的，那還有命嗎？有些是在過山洞的時候給刮下去的……」

第二天就隨著大夥往碼頭去了，聽人說八路軍已經到了常熟一帶了。碼頭更是亂成一團一團地，有的上了船還把東西往下扔，因爲帶上船的行李超重了。好不容易我們被擠上船去，也許是太累了吧，很快我就睡著了，臨睡前，心裡還一直在想著有人說等船出了吳淞，至少還得三天兩夜呢！

南海所見　六月×日

比起上海來，看起來廈門還算是安穩多了。除了在菜市場以及太古碼頭等人多的地方，也常像上海一樣，會有人在手裡拿著幾個「袁大頭」，不斷地故意倒騰著，發出嘰哩咯啦的聲響，表示他們手上有錢可換，要是有人找他換錢，也就是來人拿著七錢二分重的圓圓的銀元，他會把多少錢的紙鈔換給你。一般說來，同樣是一塊銀元，他比較喜歡民國三年鑄出來有袁世凱大頭像的那一種，除此之外，其他年分的，以及印著蟠龍圖案的「龍洋」，以及帆船或孫中山像的很多種，當他拿到對方的錢的時候，他總會把它和別的銀元敲一下，聽聽它的聲響，接下去還會用兩根手指拿著到手的銀元，送到口邊猛吹上一口大氣，趕快送到自己的耳朵一旁，據說他這是在測試銀元的眞假，甚至成分。

媽媽要我記住家裡的住址，以免出去走丟了找不回來，也就是「晨光路四十九號」。

心驚肉跳的一瞥　七月×日

碼頭上側躺著一具屍體，隔著稀稀落落的圍觀觀眾，還可以看到死者的雙手被綁在背後，背上還插著一根長長的牌子，上面寫著幾個大字是：「槍決犯陳四川」。在陳四川三個字上還各畫著一個大圈圈，子彈應該是從心臟穿過的，地面上淌著一大片鮮血，有人說是販毒犯，也有人說是來自西部山區的土匪，派到廈門刺探軍情被抓到的。要到下午才准家屬來收屍，中午以前是留在人多的地方「示眾」的。

又見「示衆」 八月×日

碼頭的對面是鼓浪嶼，那是一座小島，聽說島上很乾淨，有很多外國的領事館設在那裡。雖然有輪渡可以過去，可是到廈門幾天了，還一直沒有上去看看，誰還有這份「閒情」！

今天大夥竟然上了輪渡，可是下船的地方在廈門之北的集美。上了岸，大家又往北趕路，今晚的落腳處是同安。等快到同安縣的時候，天色已經漸漸黑了下來。要跨過一座大約有十幾步寬三四十步長的橋，橋的兩邊各豎著一根有兩層樓高的木頭柱子，柱子頂上各吊著一個圓滾滾的球似的東西，在上橋的時候，媽媽叫我快把頭低下去，不要往上瞧，等她話一說完，我看到的竟然是兩個齜牙咧嘴的人頭，各在耳朵上穿著一根繩子，從柱子的頂頭垂吊下來。人們說，看樣子至少有三兩天了，現在還是在「示眾」期中。又說這一帶常有西部山上下來的土匪，以及東邊沿海的海賊。一般只要是個村長，都有處決一個人的權力，幾乎每個人家裡都有自己的槍枝。

我們住進的這戶人家也姓陳，大門的橫梁上從右到左還刻有「潁川堂」三個大字，我問這家的阿伯這表示什麼意思？他說他們祖先是從河南遷過來的，我們既是同宗，可說是「五百年前是一家」了，問我是什麼「堂」的陳，我說我也搞不清楚。

中字一〇三號　九月×日

大家都在埋怨，也不知道到底是誰的主意，爲什麼一定要到同安去，去了不到三天，又原路回到了廈門。雖然說，現在廈門的外海，正有四艘大軍艦在來回地巡邏著，可等有人在碼頭上看到新從福州開來的大輪船，桅杆也不見了，船幫子上被打得一個洞一個洞的，聽說是被馬尾的炮台打的——啊！有人這才明白了，我們爲什麼又從同安折回來了。

靠在太古碼頭的這艘船可眞是大啊！船的正面像大門似的往兩邊敞開著，站在碼頭上，就可以看到空蕩蕩的後艙了。前艙搭著一塊大鋼板，聽說這叫登陸艇，可以載運坦克車呢，船頭的兩邊用白漆漆著「中一〇三」，算是它的編號吧。或許是因爲船的使用率太大了，船艙裡來不及徹底打掃，進去之後，不免有一股難聞的味道，開船以後，有人受不了左搖右晃，吐了滿地，他說事先早該吃暈船藥，我或是因爲沒有吃過什麼東西，雖是覺得難過，倒也沒有吐出什麼東西來，一直懲了十多個小時，才算來到了基隆的外海。

船在外海一停又是兩三天，沒有一點動靜，有的說是爲了等衛生人員上船來檢疫。又有人說我們在等著趕辦來台的入境手續。在等著下船的這兩天，有人上到甲板上去透透氣，看看所謂台灣風光到底是什麼樣子？只見有不少賣水果的小販們，駕著一葉所謂的舢舨，紛紛向大船靠過來，要買的人就用一根繩子，拴著一個籃子慢慢地放下去，籃子裡面放著錢——大都是事先已經用銀元換好了的「新台幣」——等東西再拉上來的時候，只聽到有人在說：「怎麼台灣的香蕉都是青黃青黃的，上海的不都是黑的嗎？」

19 秋月登台

南台中　十月×日

基隆是一個很壅塞的港口，有人想起來了，在港外等了三兩天，說不定是在排班等待碼頭的淨空呢，等上得岸來，覺得幾乎有毫無立足之地的壓迫感，接下來我們很快就趕到台中來了。媽媽說，好歹我們總算又熬過了幾乎一年的既離亂也亂離的日子了！

復興路是南台中一條很寬的大馬路，我們和范大娘共同分到一間臨馬路的日式房子。日式房子一進門要脫鞋、放鞋的地方叫「玄關」。過了玄關，拉開糊著紙的拉門，就是平鋪著表面上像草蓆似的「榻榻米」。沒有床鋪，睡覺睡在榻榻米上，我們和范家隔著一道拉門，兩家都是一樣的模式。這兩間屋子算是暫時「借住」的。在台灣不比在大陸，能找到一間「借住」的屋子很不容易，記得我在蘇州的那幾個月就是「借住」

的。我們和范家住得相隔不遠，范伯伯是爸爸原來部隊的人，在「徐蚌會戰」的時候，已經是參謀長了，算是個很高階的文官了。會戰時部隊被打垮了，家人在蘇州苦等了兩三個月，一直沒消息。他家裡還有個大哥，比我大十來歲，我們同在蘇州時，他還在東吳大學念書呢。

深秋所見　十一月×日

在台灣，大家都穿著一種很奇怪的木拖鞋，北方人管它叫「嘎搭板」，台灣話叫「柴屐」，走起路來還嘎搭嘎搭地響，我們住的是臨街的房子。天一亮，外頭總是有一陣子嘈雜的嘎搭聲響。有一種帶子呈人字形，要用大腳趾和二腳趾夾著走，我很不喜歡它，穿起來覺得很彆扭。

住家附近有一處也是來台灣才見到覺得很新鮮的牌子，上面寫著「台灣省菸酒公賣局」，范家大哥說，這是日治時代留下來的名堂，日本時代原來叫「專賣局」的，這種叫法反倒名實相副，意思就是菸酒這類的東西別人不准賣，只有我才可以賣。而「公賣局」的意思則是這些東西只能由公家來賣，私人是不能賣的。前幾年的二三月間，台灣就曾經發生過一次爲了查緝私菸而引起的一場全島大暴動，死了很多人，全省的最高行政長官都爲了這件事被槍斃了。難怪幾個月前我們已經到了廈門，還要往同安去，一定是在想台灣並不是一個好地方，能不去最好別去。最後還不是因爲實在無地方可去了，才來這個一切都很陌生的所在。

戰車的故事　十二月×日

范家大哥從報紙上，看到一則有關檢討徐蚌會戰的記者會上的有趣花邊新聞——有「常敗將軍」之稱的當年總司令，適爲會場主席，如今事過約一年，有記者指稱：當時國軍共有四大兵團外加兩個綏靖區爲數六十多萬，加上美式裝備，以及平原作戰之虎的坦克軍，怎麼會打不過武器遠遠落在我們之後的敵人呢？主席的解釋是：各位記者先生們有所不知，我們雖然有坦克車，可是老共們卻在陣地上到處都挖了深深的壕溝，戰車一陷下去，根本就發揮不了火力。

「那請問他們所挖的溝大概有多寬？」記者追問。

「少說也有個二十來米吧！」

「可是我們長江上最窄的江陰要塞，少說也超過兩公里吧，怎麼還是照樣被人家揮軍而過呢？」記者們的嘴一向是不肯輕易饒人的。

離我們住處的西邊不遠，有一處是裝甲兵的戰車修護廠。廠裡有好幾位都是曾參加過當年「徐蚌會戰」的「戰車兵團」戰士。范家大哥或許是想從他們的口中，了解一下自己的爸爸當年在戰場上的遭遇吧，曾經不止一次地去找他們聊天。據他們所講：「什麼溝不溝的，你們可聽說過什麼叫『人海戰術』嗎？你的戰車一排排地往前開過去，迎著面的只見黑壓壓的一群，手裡各拿著一面小旗子，一面搖一面喊著：各位老鄉親呀！求求你們別再打啦，我們這裡頭，說不定有你們的父老兄弟姊妹哪！」人心都是肉長的，有的就慢下來，有的怕被判個「陣前抗命」，只好把心一橫，兩眼一閉，就衝了過去，履帶過處，免不了是肉餅一片……

20 估舊生涯（一九五〇年）

綠川、柳川　一月×日

綠川是一條從南台中通到台中中區的溝渠，大約有三十多公尺寬。在中區的這一段已經算是台中市的鬧區了。綠川的兩岸和馬路之間還各有一條兩三公尺寬的空地，地面上本來還曾有人擺著一些攤子，賣的大都是一些二手家具和舊衣服之類的東西，初來台灣的這段日子，大家誰也顧不了誰，為了要過各自的生活，不少人就從家裡拿一些他們還看得上的東西賣給他們，價錢總比當鋪裡稍微好一些。媽媽就曾來過好幾次，不過後來再來卻找不到攤位了。據說是因為這裡離車站太近了，市政府為了整頓市容，不准在此地擺攤子了，把他們往北趕到更北的柳川兩岸去了。

柳川是另一條流向大致和綠川平行的溝渠，南北兩岸還各有力行南路和力行北路相隔著，不過攤位大都擺在南路這一邊，或許是因爲到底南岸離熱鬧的市區比較近幾步吧！媽媽每次從家裡過來，又得要多走上很多路，這下子免不了又給她那雙纏過的小腳平添了更多的辛苦。

一方面也是爲了把東西賣給擺攤子的，價錢實在是被殺得太低了，媽媽動了自己也來擺個攤子的念頭，管他什麼拋頭露面不拋頭露面的，不偷不搶，有什麼丟人的呢？

拒人於校門之外　二月×日

眼看著快開學了，咱們不是還帶著揚州中學附註著「可做轉學證明書用」的成績單嗎？還差一個學期就可以初中畢業了，乾脆就把它念完算了。媽媽帶著我，穿過了台中公園，找到了省立台中一中的校長室，校長姓金，他拿著我的成績單卻說：我們學校不收初三下的學生，要來就得從初二下念起。媽說：「我們這可是揚州中學發給的證明單，怎麼到了你們這裡還要降一級嗎？算了！我們不如回去在家自修吧。」在回家的路上，還聽著媽媽默默地說：「這陣子不是一直在叫著『一年準備、兩年反攻、三年掃蕩、五年成功』嗎?既然八年的抗戰都熬過去了，那只好再熬下去吧，說不定很快就又回揚州去接著念了……」

軍歌　三月×日

住家附近可能有座軍營，每天一大清早在聽過一陣木屐聲之後，接下來就會聽到一陣陣整齊的軍歌齊唱聲，照最後的「答數——一、二、三、四」的拍子算來，這些阿兵哥們應該是在一邊跑步，一邊齊唱的。最常聽到的一首是「反攻大陸去」，歌詞是「反攻、反攻、反攻大陸去。大陸是我們的國土，大陸是我們的疆域……」。另外還有一首是「保衛大台灣」，歌詞是「保衛大台灣，保衛大台灣，保衛民族復興的基地……」。不過這首歌後來被禁不准再唱了，因爲最後兩句是：「我們已經無處後退，只有勇敢向前」，唱軍歌本來是用來鼓舞士氣的，「我們已經無處後退」雖是一句「實在話」，可是叫人聽起來難免有些「洩氣」之感。

聽范大哥說，另外還有一首本來不但准唱，台灣才光復的時候，學校裡音樂課上老師還教過呢。那就是被四川阿兵哥把「冒著敵人的炮火，前進」唱成「摸著敵人的腦殼，前進」的「義勇軍進行曲」，這首曲子尤其是由小喇叭吹奏起來，特別明快有精神，作曲人叫「聶耳」——好傢伙，四個耳朵在一起，難怪有那麼好的音感——他十七歲就進了上海的音樂專校，二十來歲的時候譜的這支曲子，曲子譜成之後，被日本鬼子氣得牙癢癢地。知道他不會游泳，又有一個怪癖——喜歡在晨霧的黃浦江邊找個人的靈感，就在某一個晨霧中，他被人推進了黃浦江裡，一個二十多歲的音樂天才，就這樣結束了他的一生，等屍體被撈起來之後，被送回他的老家雲南去了，安葬在昆明滇池北邊的山坡上，「義勇軍進行曲」在台灣不准唱的原因，是因爲共產黨在北京建國以後，把它當國歌了。

眞想不到在過去的日子裡，最耳熟的一首「起床歌」——「起來，不願做奴隸的人們，把我們的血肉……」——的背後，竟隱含了這麼一段動人的故事。

至於來台後的許多軍歌，大都是一個叫李中和譜的，范大哥說他見過李本人，他是江西人，原來是練聲樂的，可是後來嗓子壞了，就改作曲了。他家就在台中西邊林森路過去的一座像是大道觀似的裡面，那座房子或許是日治時代的「神社」，再往西邊去，就是「台中監獄」了，四周都是高牆，四個角上都設有瞭望的崗樓。不管什麼時間，都可以看到上面有背著槍桿子的警衛。

賣破爛的日子　四月×日

媽媽終於決定自己也在力行南路上擺個固定攤位起來，她說，眼看著在那裡擺攤位的愈來愈多，人家能拉得下自己的臉來，我爲什麼不能？

另外還有一則更誘惑人的傳聞，就是聽說公家有意在柳川的南沿蓋上一排木造的小房子，隔成一小間一小間的，房子的後面有一部分是架空在柳川之上的，以免讓房子的前面占到了力行南路的路面，房子蓋（其實只能算是「搭」）好了之後，打算低價賣給擺攤子的固定戶，需要的人一定要早些去登記，要是眞的能登記上一戶，那可好了。至少可以不必再和范家擠在一起了。幾個月來，實在有些過意不去。

聽說香港的九龍半島上，英國的殖民政府也爲一些從大陸逃出來的難民們設了一個「專區」，叫「調景嶺」。又據一位廣東人說，其實那個地方原來的名字是叫「吊頸嶺」來的。據說因爲某一個朝代的末代皇帝，被敵兵逼得實在走投無路了，就在那地方上吊自殺了，這話應該有問題。歷史老師說過南宋的最後一個皇帝叫「帝昺」，是由陸秀夫背著他，在廣東的南海跳海自殺的，不是上吊的。上吊的是明朝的末代皇帝，而且上吊的地點是在北京皇宮外圍的煤山，離這裡相差至少有十萬八千里了。這也未免太扯了吧。

隔壁的鄉音　五月×日

力行南路的新房子果然蓋得很快，不過個把月的時間就完工了，我們是第一批搬進來的。房子的四面以及地板都是還沒刨過的木板釘起來的，屋頂子是用洋鐵皮釘的。前後是一條直通通的，想隔個前後間的話，只有自己想辦法去加上一道布簾子之類的「幔」，來充作隔間了，和隔壁人家只隔著一道薄薄的木板，所以每家在做什麼，隔壁都聽得一清二楚。

我們家隔壁的住戶有一台收音機。在這個時候，家裡能有一台收音機的實在不多。一來是太貴了，二來是還得申請個執照，執照上還印著「不得收聽共匪廣播」幾個字，申請手續很麻煩，於是大多數人家也就不願「自找麻煩」了。

媽媽敢肯定隔壁的這一家子是天津人，因爲一聽口音就知道了。剛搬過來，又不好意思馬上就過去串門子，等過幾天和他們聊聊「狗不理包子」或是「烙餅炒螞蚱（蝗蟲）」之類的話，也就明白了。

苦中作樂　六月×日

隔壁的這一家子果然是天津人，媽媽說，北平人管他們叫「老坦兒」，至於「老坦兒」到底是什麼意思，我也不明白。不過，今天他們的收音機裡聽了一段以「人生四大樂事」爲主題的相聲段子，我覺得倒滿有意思的，我就把它給記下來了：

甲說：「你可知道人生的四大樂事是什麼嗎？」

乙說：「怎麼那麼瞧不起人呢？凡是念過幾天書的人都知道——那不就是久旱逢甘雨，他鄉遇故知，洞房花燭夜，和金榜題名時嗎？」

「不錯，你都知道，不過我認爲要是在每一件『樂事』之前再加上兩個字，那可就更是『樂事』的了。」

「那，你不妨說來聽聽吧。」乙接著說。

「那你就聽著啊，譬如說：『久旱逢甘雨』有什麼了不起，要是再加上『十年』兩字，不就是更難得的『樂事』了嗎！」

「那第二件呢？」

「『他鄉遇故知』算不得什麼，可要是再加上『萬里』兩字，那就更不一樣了！」

「那第三件呢？」

「『洞房花燭夜』誰都會有一次的，要是再加上『和尚』兩個字呢？你再想想看其樂又將如何？至於這最後一樁的『金榜題名時』，要是題的是『狀元』呢？你想還有比這項題名更值得一樂的嗎？」

接下去又是乙的不以為然地說——

「我這個人就不像你是個『樂天派』的了，常言道『人生不如意事，十常八九』，那有像你想的那麼好的事，我把這四件『樂事』的後面再跟上兩個字，好好的一樁『樂事』就變成了『憾事』了。」

「那你就說說看，看看你又怎麼個『憾』法。」

「『久旱逢甘雨』是不錯，不過老天爺還是不肯『作美』——只來上那麼『幾滴』，你看又怎麼樣？」

「吆！那可眞的夠『憾』的了。」甲也表示認同。

「至於這『他鄉遇故知』嘛，也並不是一廂情願的事，你想：要是你遇到的這位『故知』來個相應『不理』呢，那你還『樂』得起來嗎？」

「的確還不如不『遇』。」甲又表示認同。

「再說這『洞房花燭夜』吧，要是新郎不是你而是人家『隔壁』，你能『樂』得起來嗎？至於這最後一樁的『金榜題名時』，雖然榜上有名，要是題在『備取』欄裡呢？」

甲最後做收尾地說：「那可實在是吊足人的胃口了，當然就『樂』不起來了。」

我把這段「對口相聲」說了一遍給媽媽聽，她說難得這家子人還能在苦中作樂呢！

瞎話　六月×日

媽媽在聽過了我聽的相聲之後，也說了一段老家盛傳的一首兒歌，是以說「瞎話」為主題的兒歌。

「瞎話」者，謊言也。全文是這樣的：

「瞎話瞎話一大掐」。

「一大掐」是一大把的意思，不管瞎話也好，實話也罷，都是一種看不見抓不著的語言，怎麼「掐」得起來呢？這擺明了就是一連串的荒唐，接下去又是：

「鍋台上種了二畝瓜」，一公尺左右平方的灶台，有這個可能嗎？……

「一個光屁股小小仔，一偷就偷了倴布兜子。」既然「光屁股」，那來的「兩倴布兜子」？

「瞎子瞅著（看見）了，啞巴學了舌（打小報告）了，聾子聽見了，瘸子（跛腳漢）攆（追）上了」……

果然全都是不容置信的「瞎話」

不過，最後媽媽加了一句：可是你得記住，人一輩子可不能說「瞎話」。

同是地上擺攤人　七月×日

在同一排的攤位上，媽媽又結交了一對新認識的「故知」。這家人姓薛，夫婦倆帶著四個孩子，三女一男，最大的也不過七、八歲，最小的還需要裹尿片子呢。媽媽常把攤子上賣不上什麼好價錢的舊衣裳，送到他們家裡去當尿布用。薛太太是個羅鍋，腰桿直不起來。可是吃起苦來卻毫不含糊，媽媽說，她眞的有「打掉牙齒和血呑」的本事。一開始認識的時候，他們稱呼媽媽「大娘」，後來愈聊愈近乎了之後，那個「大」字就不要了，也就是管媽媽叫起「娘」來了。他們說我有一個舅舅是在桑兒營開磨坊的，他們有個遠方長輩，和我舅舅是好朋友，或許是論起輩分來，他們就把「大娘」的「大」字給去掉了。他們還說我爸爸的那個村子叫「潘營」。「潘營」、「桑兒營」和他們的村子，大約呈三角位置，各隔著十多里而已，套上大車不過半個時辰也就到了，有道是「人不親土親」呢。他們還說我有個爺爺輩的，叫陳兆什麼的，在前清的時候還是個「拔貢」呢，而且還外放當過「知縣」，因此我們那一家子在村子裡就被叫「陳官」家。

自己家的「底細」，人家知道的比自己還清楚，只怪自己離家的時候實在太小了。

等有一天眞的能回老家的話，我倒眞想再去刨刨根。

改行　八月×日

力行南路上擺攤子的愈來愈多了。媽媽對薛家的先生說：「你們一大家子，老是靠著賣破爛總不是個法子，你還有沒有其他的手藝？更能養家活口的？」

「我那有什麼手藝，頂多只會在老家時滷個牛、羊、驢肉之類的吧！」

「毛驢子在台灣還沒見過，至少牛總該有吧！你不如試試看，就從牛肉乾之類的行業上，另開條出路吧！」媽在勸人家改行了。

「不過，聽說很多台灣人還不敢吃牛肉呢！」

「凡事都得有個起頭嘛！不敢吃也許是鄉下人的事，鄉下人難道不種地嗎？那他們種地的牛老了以後怎麼辦？難道還爲牠設個『養老院』嗎？」

「這麼說我過幾天就到彰化、西螺一帶去看看。」

「別再『過幾天』了，這又不是『反攻大陸』，還得做個一兩年的『準備』，明後天就動身吧！」

「說的也是。」薛家總算拿定了「改行」的主意了。

吉屋廉售　九月×日

第二市場路旁的電線桿上貼著一張寫有「吉屋廉售」的紅紙條子，我告訴媽媽說，菜場那邊有便宜房子要賣，媽一開始說：「咱們怎麼買得起？」接下去又說：「不妨先看看到底怎麼個『便宜』法。」

房子就在中山路旁的一間二樓上，樓下往南向火車站的方向就是水果大賣場，算得上是處在鬧區。媽上樓去見到了屋主，他說他姓袁，浙江人，因爲急著要往台南搬家，才以不到行情一半的價錢，忍痛給賣掉，又看在大家都是從大陸逃過來的，憑著這「緣分」，價錢還可以再商量。

當他知道我們是住在力行南路上的時候，他還說：「那房子怎麼能住人，那只是臨時給一些擺攤子的人們搭起來的『窩棚』而已，不出一年一定會給拆掉，你們不知道台灣的颱風有多厲害，像你們那種『窩棚』是經不起風吹雨打的，你現在回去，不如把它頂給那些登記得太晚、無緣住進去的攤販戶，好歹還收回一點來，再湊個幾千塊，這樣就算你的了，我們『閒話一句』——浙江話，『一言為定』的意思——我也不收你定錢，房子替你保留到下禮拜天。」

21 家庭「街友」

颱風天　十月×日

我明白了一句台灣話——「九月颱，沒人知（念作『哉』）——我想大概是指九月的颱風，其厲害程度是叫人無法想像的吧。眞的是飛砂走石，路樹有的被連根拔起，有的東倒西歪，媽說她從外邊回家，不但直不起腰來，還得倒著身子走，用兩手緊搗住自己的腦袋。

住屋的後面足足有兩米多是懸空的，下面雖然還有支架撐在河沿上，一陣瞬間的狂風過來，整排連著的房子都忽悠忽悠地，好像坐在船上一樣怪怕人的。

經過了這次的颱風，媽媽對中山路的房子更動心了。好在還沒超過人家的期限，明天就去跟他再還個價，說不定很快就能搬家了。

搬家　十一月×日

每次搬家，媽總是嘴邊上掛著一句「窮搬家，富挪墳」，這一趟卻沒有。或許是這次的家搬得太順了的緣故吧。

媽再來找房主的時候，很快的就做成決定了。房主說他是個爽快人，三天之內，大家就「銀、屋兩訖」吧。

力行南路的屋子果然很快的就頂出去了，媽又到好幾處去張羅了一些錢來，不過她就是沒去找薛家，沒讓他們知道自己有困難，人家一家好幾口子，日子已經過得很不容易了。

從「讓渡書」上，我們知道這位「爽快」的屋主叫「袁道明」，他自稱是「甲方」，而我們則是「乙方」，在某年某月某日以多少錢把坐落在那一個門牌二樓的房子完成了銀屋兩訖的交易，空口無憑，特立此書爲據等等的字句，寫了一大堆，還蓋上了雙方的圖章。把它交到媽媽的手裡，對她說：「你們可以放心地搬進來吧。」

我們就這麼順利地搬了進來，把所有的東西都搬了進來，當然還包括了裝著爸爸屍骨的那個木頭箱子。媽媽說，這箱子是我們一家的「護家之寶」。

地震　十一月×日

　　搬進來沒兩天就鬧起地震來了。也許是因爲住在二樓比地面上要高了一點，搖晃起來總覺得特別厲害。二樓上水壓低，自來水上不來，媽從樓下提了一桶放廚房的地上。當地震時一陣子的晃蕩，桶裡的水竟然給晃了出來。還好，家裡倒沒什麼損失，媽媽又說是爸爸在保佑著我們了。

　　這也是我們到台灣後頭一回碰上的地震，聽人們說，一般在一次大颱風的一陣子狂風暴雨過後，要不了幾天，就常常會來上一次地震的。這麼說，難道這一次的地震和前些日子的大颱風有關係嗎？

　　也有人說，在台灣最容易鬧地震的地方，就屬東部花蓮沿海一帶了。不過要去那裡還並不容易呢，因爲交通不方便。

傾家蕩產　十二月×日

我們被掃地出門了。

原來幾天前有人上樓來，說是來「收房租」的，媽跟他說，我們花了大筆錢把房子買下來了，怎麼還要交「房租」呢？

來人說：「你們把房子買下來了？那有契約書嗎？」

媽就把那份「讓渡書」找了出來給他看。

「還有『所有權狀』呢？」

媽說她是這輩子頭一次買房子，只當是錢都付清了，字據都有了，還要什麼「所有權狀」幹什麼？

那人聽了，二話沒說，扭頭就要走了，臨走撂下的一句話就是：「那你們趕快把自己的東西收拾收拾，明天我就叫人來替你們搬家吧！」

第二天，他果然帶著警察和幾個搬運工來了，起初媽還衝著警察說：「讓我們搬到那兒去呀？難道給我們找到地方了嗎？不然還是搬到你們派出所去住呢？」最後說什麼也沒用，幾個工人把家裡東西一樣樣地都搬到樓下的過道上了。帶著警察來的那個傢伙把清空的屋子給鎖上了，換上的是一把新鎖。

當晚我們就露宿在自己花錢買來房子的樓下屋簷下，我忽然想起當年在省揚中王老師給我們講鄭板橋的「道情」時，在序文裡曾有這麼幾句：「……我先世元和公公，流落人間……」鄭元和的「流落人間」是上了「二房東」的當，而我們現在的「流落街頭」也是上了「二房東」的當，不過鄭元和的故事，換來的據王老師說的是「浪漫」。而我們呢？什麼也不是吧！算了吧，我未免也想得太多了吧。

勞師動眾（一九五一年）　一月×日

陽曆年我們是在「大街上」過的。媽說陽曆年在中國本來就算不上什麼年，更何況大夥都是來落難的，出門在外的，那還有什麼心情過年呢！只是打從我們自樓上被轟下來之後，就不斷地有警察來找我們麻煩，說我們是「妨礙交通」，媽說我們才不願意賴在這裡呢，你們就給我們找個地方呀，找到了我們馬上就搬。幾句話就把他們給打發走了，最後他們了解到我們還有「軍人遺屬」的背景，就動起了憲兵隊的腦筋來了，會同他們一起來的憲兵是肩膀上掛著一朵梅花的少校，對媽媽倒是客氣，說是來「探望」我們的，過個一兩天，我們一同去干城營房見見劉司令官，他是「台灣省中部防守司令部兼警備業務」的司令官，或許他能給個什麼辦法。

兩天之後，媽眞的就被領著見到了司令官，他在明白了一切的底細之後就說：「現在咱們可不能和在大陸的時候相比了。既然被人坑了，只好認了，帳總不能算在別人頭上，算了吧，你就在我們營房圍牆外邊找塊地方，再從營房裡找幾個工兵，蓋上一間『克難屋』吧，不要高過我們的圍牆，門窗都不要朝著營房這邊開。這邊是『軍事要地』，要蓋就快，眼看著就快要過陰曆年了，年前就讓你們有個自己的『窩』了。」

對於大夥的這番「勞師動眾」，媽媽再三表示自己的過意不去，眞是所謂「不經一事，不長一智」，今後做什麼事可得要多加小心了。

新希望　二月×日

新「窩」眞的很快就「搭」好了。地點在東區的「開羅路、軍營巷」，緊靠著干城營房的圍牆。四面的牆壁中心用的是竹片子，外邊包上水泥，地面上還是原來的土。屋頂倒用的是瓦片子，雖是「克難」，媽倒是還滿意。照媽的意思，分成兩間，一間是離地大約一米高的通鋪，有幾分像北方「大炕」的樣子，一邊堆東西，一邊睡人。另一間就砌了一座簡單的爐台，算是廚房了，我們就是在臘月二十三──「灶王爺上天」──的第二天搬進來的，媽還說新灶王爺還沒「到差」呢，要送只有等明年了，不過，明年咱們還在這住嗎？不是說「一年準備，兩年反攻……」，眼看著「一年準備」的時間已經滿了，馬上不就要「反攻」了嗎？

我們住得離軍營更近了──「軍營巷」的名字該是最近才取的。軍營裡阿兵哥的歌聲聽得更清楚了，最常聽到的兩首是「反攻的時候到了，反攻的號角響了……」，還有「民國四十年，一切大不同……」。

對媽來說，「不同」多少總算有了一點，不能算很「大」。從「流落街頭」到有自己的「窩」，以前是沒人管，如今終於受到一些照顧，今後可以放心地住下去了，自然是「不同」。可是破爛還得照樣去賣，不然，家裡的柴米油鹽等等打從那裡來呢？

22 「克難」的日子

人往高處爬　三月×日

薛家一家子也從力行南路搬走了。他們說那裡的房子實在隔得太小了，一大家子根本擠不下。更何況自從他做滷牛肉的活計之後，最需要的就是一個大灶。大灶少不了要用大火。原來的房子整排都是木造的，用火是很危險的。所以他們在樂群街的一條小巷子底另找了一處。除了前後各有個小院子，再加上屋頂上還可以晾滷好的牛肉乾、豆腐乾之類的貨品。他還想找個日子來帶媽媽過去瞧瞧呢！媽向他說：『有道是『水往低處流，人往高處爬』，說不定你就此好好做下去，一路會發了起來呢。』

「我會更加小心的，咱們做出來的東西是給人吃下肚的，可不是鬧著玩的。我還打算把做出來的東西創個牌子，既然這個是『良心事業』，牌子上一定要有個『心』

字。」

「可不是嘛，咱們自己的這一輩子，苦可算是吃夠了，命可實在不太好，可是再想想咱們還都有孩子們呢，多爲他們修修好吧！」

媽媽的「牢獄之災」 四月×日

一大清早，一個陌生的漢子，胳臂下夾了一條軍毯來到媽媽的攤位前面，對媽媽說：「我這條毛毯算便宜點賣給你吧！」

媽媽說：「我們不是做買賣的，我們自己的東西還在愁著賣不出去呢，那還有錢買你的東西？」

「那你幾點收攤子？」

「我五點半要回家做晚飯，五點左右就走。」

「那我把東西放在你這兒寄賣，賣成了給你抽兩成，我四點半就來。」

「你可別誤了我的時候啊。」

影了。

「當然，那有把自己的東西丟下來就不管了呢？」話一說完，那漢子很快就不見人

才過晌午不久，來了一個警察，叫媽媽收拾起攤在地上的包袱，跟他去派出所一趟，媽媽心裡想防守司令部我都去過了，誰還在乎你這什麼派出所！

派出所的大門裡坐著一位正在翹著二郎腿應該是個主管的警官。

「怎麼找我上這來，有什麼事嗎？」媽媽站在收起了二郎腿的警員面前問道。

想不到這位穿著制服、沒戴帽子的「人民保母」不問青紅皀白的說出：「你給我老實說吧，你這包袱裡的東西是打那裡偷來的？」

話才說完，只見媽媽在回了一聲：「你怎麼胡說八道！」隨即只聽到「啪」的一聲巴掌落在那位出口「不遜」的警官面前，桌面上的玻璃板被他敲得粉碎，當晚媽就回不了家了，被「留置」在派出所，罪名是「妨礙公務」。

第二天早上，來作保的段大姐對媽媽說：「算了，咱們犯不著惹氣，不如把攤子收了，別再賣了，我看弟弟沒上學，歲數也不小了，改天我試試給他找份差事。」

小徒弟　五月×日

段大姐的先生姓柏叫賓矦（侯），脾氣不太好，徐蚌會戰時已經升上團長了，可是全團打得一個也沒剩，團長也被證實陣亡了。在一次的婦女社團的聚會上，段大姐結識了一位比她小幾歲卻很談得來的呂小姐，兩人談了幾次之後，就結成乾姊妹了。呂家是從上海來的，在繼光街和民族路口開了一家書店，店名叫「昌文書店」。台中市另外還有一家更大的書店叫「中央書局」，開在中正路和市府路的路口上。裡面除了一般圖書之外，還有文具用品部門，而昌文則是因爲門面不夠，所以純賣圖書。段大姐有意介紹我去昌文書店找份工作。

在被帶去見過呂小姐之後，很快就到書店裡來上班了，店裡頭總管經營業務的是一位四十多歲的單身漢子，姓吳，寧波人，他喜歡人家稱他爲「先生」，而那個「生」字，則念成「桑」的寧波音。生就一對金魚眼珠子，雖無鬍子可吹，可是眼珠子一瞪起來也怪嚇人的。而他卻把我叫作「學生子」，我想說是「小徒弟」（乃是「練習生」）的意思吧！他用不著張嘴，就能看到口裡的幾顆黃板牙，左右還各有一顆是金包的。他一定從小就是個光葫蘆禿子，被人暗地裡叫「電燈泡」。我的上面還有兩位「師兄」，一個瘦瘦高高的姓毛，負責向外面的機關學校裡送大包小包的「書貨」，工具是店裡爲他準備的腳踏車，算是一位書店的「外務」吧。另一位矮矮的師兄姓汪，似乎心眼比較多一點，他則常留在店裡幫著圖書打包及整理等工作，他們兩位那個先來，那個後到，我一時也搞不清楚。

店規　六月×日

吳「先生」是呂家大老闆請來的「大掌櫃」，店裡頭的一切都得聽他的，他說，他根本也沒上過什麼學堂，自己就是個「學生子」出身，他還說，他當年做「學生子」的時候，店裡頭的「鋪規」可多著呢。本來嘛，所謂「無規矩，不能成方圓」，其實我自己才對方方正正圓圓滾滾的材料並沒什麼興趣。

就以每天三餐來說，做「學生子」的，根本不能上桌和大家共餐。他只有站在一邊伺候著，等著大夥都飯飽下桌之後，他才有上桌來收拾殘局的分兒。不過我進得店來，在「飯權」上被提高了不少——可以上桌和大夥同時共餐，但是桌上每個人的頭一碗飯

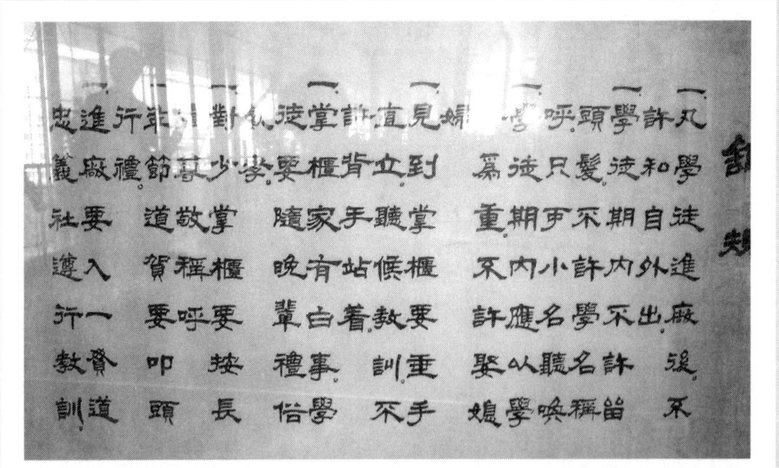

二○○九年六月，我經過天津的一家老字號的鋪子，人家也有「鋪規」，就「偷拍」了下來，以爲存證。

都是由我一一爲他們盛好的。過不了幾天，也許看出來我對此事有點心不甘情不願，盛飯的「規矩」就被「豁免」了。

至於其他在生活起居上的「規矩」，照吳「先生」說的，他當年做「學生子」的時候，每天一大早還要幫他的「先生」倒夜壺呢。我跟他說，現在大家都用抽水馬桶了，「儂」想要找個「夜壺」恐怕還不容易呢。也許是他這個「十年」媳婦總算熬成「婆」了，眞的想過一下做「婆婆」的癮似的，竟然說：「那麼就倒個痰盂總可以吧！」好在後來他只不過說說就算了，否則還眞有幾分噁心的呢。

第一筆薪水　七月×日

呂大姐是本店的老闆娘，也兼管記帳的會計。她發了三個月的工錢給我，並代我向吳「先生」告了一個晚上的假，叫我回家去看看媽媽。

媽媽接過了我交給的錢袋子，噙著淚水向我說：「我會好好地給你攢著。」她又問起鋪子裡的伙食以及我過夜的地方鋪蓋夠用嗎？我把實情告訴了她。

一進書店的大門，就是一張固定在地面上的大檯子。平時檯子上堆著一些故意弄得亂七八糟的「風漬書」，到了夜間店裡關了門之後，再把檯面上的書一摞一摞地擺在地上，騰出來的檯面就是我的床鋪了。一切的鋪蓋都由店裡出，天氣漸漸熱了，都夠用了，只是才去的那幾個晚上總是還不太習慣，直到很晚還睡不著。

媽說她更難以闔眼，只好洗洗衣裳，做做針線活計，好不容易才把一宿給熬過去。

23 小夥計

老爺子　八月×日

今天鋪子裡從台北來了一位「貴賓」，他是呂大姐的爸爸，也就是呂老爺子。看上去準有六十多歲了，講的是上海口音的普通話，西裝領帶，人倒滿和氣。他在台北也開著一家書店，叫「啓明書局」，是專門出版國外翻譯作品的。我想應該比這個「昌文書店」要大上許多吧。他還說他們在上海就是開書店的，他們可說是從那裡搬過來的。講起來也稱得上是老字號了，以致到了這裡，對大夥的要求也免不了要中規中矩了一些。

老爺子這趟還帶來了他的么兒子，也就是呂大姐的幼弟，看樣子好像要留在他姊姊這裡了，留下來是等暑假過後想去台中一中念書。台中一中不就是去年叫我降級一年，媽不肯就沒念成的那間學校嗎？要是當初答應了的話，現在的初中也快該畢業了。沒答應也好，何必再去走回頭路呢。

「大掌櫃」的夜生活　九月×日

每個晚上，店裡一「打烊」，吳先生就跨上門外的「鐵馬」——台灣話，自行車的意思。一面吩咐我好好顧店，不可亂跑，他出去一會兒，去去就回，不會太久，但是很少不出個把小時之內，而且幾乎十次有八次都是鼓著一張大紅臉，大概是他的酒量實在也不怎麼樣，要不就是他見到所謂的「紹興老酒」，勾起了思鄉之情，就多貪了幾杯，好在他還能平安的騎車回來，並沒到「爛醉如泥」的程度，而且其人的「酒品」也還不算差，只是說起話來會有些口齒不清。每當他一看到我很快就出來應門的時候，總是會以略帶歉意的口吻說著：「唉唷，搞到這麼晚了，害得儂還沒法子睏覺，實在有點過意不去！」我即刻回他：「沒關係，還早得很呢！」

說良心話，我眞想他回來得愈晚愈好。因爲他去了之後，整個店裡的書海就都爲我所擁有了。我愛看那本就拿那本，一般都是在白天營業的時間就找好了標的，夜晚再來

「下手」。

記得在揚州時，就聽人說過「少不看『西遊』」——我想可能是在擔心小孩子看了之後，會跑進深山裡去找「黎山老母」吧！還有又說「老不看『三國』」——我想年紀老了，已經夠老奸巨猾的了，再看多了三國裡的這個「計」那個「計」，太工「心計」的話，活起來會太累人了吧！我在夜間獨「覽」的時候，「三國」和「西遊」我過去都大致地瀏覽過。最令我著迷的一本就是「水滸傳」了。當我看到第二個落草的人叫「跳澗虎・陳達」時，原來我「陳」氏家族也名列一百零八好漢金榜，既有「虎」自然有「龍」——那第一個出現的人物就叫「九紋龍・史進」。還有那「三尖兩刃七竅八環刀」想必是一把十分奇特的兵器……正在看得入迷的時候，「老師」回來敲門了，免不了又是一番「歉意」，針對他的「歉意」，我那句良心話——「愈晚愈好」，差一點就衝出口來。

洩了底的「祕密」 十月×日

兩三天以來，吳先生總是緊繃著個臉子，偶爾脾氣也大了起來。掛名的「大老闆」——也就是呂大姐的先生，看出來他有什麼心事的樣子，探問之下，他終於憋不住了，透露了一個他相當有趣的故事。原來：就在兩天前吧，他打從外面夜歸的時候，斜對面的一家賣愛國獎券的門前，堆著一大堆鞭炮屑子。門口貼著一張大紅紙，上面寫著一行醒目的大字：「慶祝本行賣出本期頭獎三五〇一七號」，等回到店裡，步上他睡覺的小閣樓上，拿出幾天前在他那裡買的獎券，一看之下，自己幾乎要暈了過去——一字不差的就是那個號碼——哇！十萬塊吔，怎麼分配呢？五天後就可以到銀行去提兌了，一半用來買間小房，兩萬用來成家，多少錢用來請客……這一晚把他折騰得翻來覆去，難以闔眼。誰想到第二天店門一開再跑去獎券行前一看，原來最後的兩碼「一七」倒過來了，也就是變成「七一」了。怎麼辦？只好怪自己沒那個命吧！光棍只好繼續打下去吧……也許把這兩天深藏的「心事」講了出來，也就沒事了。

夜讀　十一月×日

市政府來了一道公文，說「文化生活出版社」的書不能再賣了，那是一些白皮白底看起來滿單純包裝的書本，有很多都是俄國作家被譯成中文的小說。

晚上當我一個人在店裡守夜的時候，在關起門來可以當家作主的情況下，免不了到櫃子裡去找幾本剛被「查禁」的書來瞧瞧，當下我翻出了一本「阿Q正傳」——這不是曾經被譯成日文，連日本人也很愛看的那本小說嗎？打開仔細「夜讀」之下，怎麼這可憐的阿Q連說個自己原來也姓「趙」，就被「趙太爺跳了過去，給了他一個嘴巴子」，還說：「你怎麼會姓趙！你那裡配姓趙！」怎麼連姓什麼還有什麼「配不配」的，還挨人「嘴巴子」，這未免太不公平了吧。

又在同一位作者的另一篇叫「孔乙己」的小說裡，曾提起他到「咸亨酒店」裡，是從十二歲起就當起夥計來了。而我到書店的年紀已經是滿十六歲的事了。難怪當初到派出所裡來「探監」的段大姐說我的「歲數」也不小了，又沒上學，不如試試找份差事算了。當然嘍，在酒店裡當夥計，要伺候的那些「短衫客」們，大都是「胸無點墨」的，而到書店裡來的主顧們卻斯文多了。

還有在另外一篇叫「藥」的裡面寫著：「……趁熱吃下這人血饅頭，什麼癆病都包好！」看到這裡不免叫人噁心起來。

「啓明」的書　十二月×日

由於「啓明」是本店主的「老丈人」開的，本店裡賣起他的書來，特別賣力自然是不在話下了。

「啓明」出版了不少民國初年藝文界人士的書籍。在「夜讀」中，被我「讀」過的倒也不在少數，就像劉大白的「白屋詩話」。他的詩寫得很「白」倒是眞的，不過並不是每個人的「文」就如其「人」的名字。譬如郁達夫的「文」，讀起來倒並沒有什麼「豁達」之感，而徐志摩的文字除了可以琅琅上口之外，還眞像有幾分「魔力」似的。很多人買了他寫給陸小曼的「愛眉小札」，說他用情是多麼多麼的深。也許我對「情」還沒開竅，我倒是喜歡看他那篇「想飛」，尤其是其中的那幾句「……要飛就得滿天飛，風攔不住雲擋不住的飛，一翅膀就跳過一座山頭，影子下遮得陰二十畝稻田的飛……」，以及他把「劍橋」稱作「康橋」、「康河」的那篇華美的長文裡，像「靜極了，這朝來水溶溶的大道……」，還有「在康河的柔波裡，我甘心做一片水草……」。

徐志摩的句法，帶著很厚的「洋味」。可是據毛「師兄」說，曾經有一位國文老師在黑板上寫下「徐志摩」三個字，接著用板擦擦掉「徐」字的左半，「志」的上半，和「摩」字的下半——結果只剩下「余心麻」了。我想這也許有教人起雞皮疙瘩的意思！

夢飛（一九五二年）　一月×日

一連好幾個夜裡做夢，夢見自己「飛」起來了！

飛，有什麼難的，只要兩隻胳臂攤平，就像自己的翅膀一樣，兩條腿再一蹬，不就飄呀飄地飄起來了嗎？

飄過了電線桿，飄過了房頂，往下一看，那不是「綠川」嗎？那不是「柳川」嗎？還有許許多多平時想去而從來沒去過的地方！最後也不知道「飛」了多久，又輕輕地著地了。再掐一掐自己身上的肉，有感覺，我眞的不想醒過來。

難道這眞的是我看了「想飛」的緣故嗎？

常聽人說起：「不如意事十常八九」，又常聽說：「你這簡直是在做夢」、「做夢」和「狂想」總是連在一起。

又想起王大哥教我唱的京戲「四郎探母」裡「坐宮」中最後的兩句詞是：「母子們要相逢，除非是夢裡團圓。」

辦不到的事是最好的，得不到的東西是最美的，沒釣上來的魚是更大的。也是「禁書」作者朱光潛的一句話——「距離增加美感」。「夢境」離我們太遠了，因此它太美了。

我再想一遍省揚中音樂課上，教唱「懷古」裡最後的一句是：「莫盡在紀念碑前做夢」。

不再做夢　一月×日

過年前，我一面在「夜讀」的時候，一面聽到店後巷子裡傳出一聲聲的兒歌——

一二三，到台灣；台灣有個阿里山。阿里山，有神木，明年一定回大陸。

一連放了好幾天的年假，我回家去和媽媽同住了幾宿。我把聽來的兒歌念了一遍給她聽，並且特別向她提起最後的那句——「明年一定回大陸」。

媽媽卻說：「算了吧！咱們別再做夢了。我看你還是接著把書念完了吧！一中不要咱們，等過了寒假開學，再去二中試試看，說不定他們更『識貨』呢！」

「眉目」乍現　三月×日

寒假很快就過去了。書店裡知道我還有繼續念書的意思，想說念書是椿好事，就給了我半天假，由媽媽領著我找到了台中二中，路名倒滿好聽的，叫「大雅路」，在台中市的北區，要穿過一片綠油油的稻田，算是郊外了。

進了二中，接待我們的是一位瘦瘦高高的主任，講起普通話來帶有厚重的四川口音，接過了媽媽遞給他的成績單，看罷不由脫口而出：「哇！揚州中學，好學校嘛！」

媽心裡想，這下總算碰到「識貨」的了，接下去她便說：「那我們可以接下去念了？」

想不到主任卻說：「不錯，我們這裡也不收初三下的轉學生，不過你已經兩三年沒有書念了，不妨以『同等學力』考高一嘛，注意一下，我們到七、八月間會招生的，到時候，別忘了來報名就是了，考得取考不取，那是你自己的事了。」

媽一聽這話，覺得說得倒也合理，看樣子繼續上學該是有「眉目」了。

24 尾聲

春天原是讀書天　四月×日

店裡頭好像都已知道暑期過後我要考高中了，大家又像是在對我「加油」的樣子。連吳先生都問我要不要出去補習一下，有必要的話，店裡的一些雜事就叫兩位師兄分擔一下。較矮的汪師兄，常見他一早起來手上握著一本小冊子，在店後的小巷子裡一面來回的走著，一面在背英文單字的樣子，他說這個年頭英文很有用，他還邀我一同早起準備功課，他又說一大早人的頭腦比較清楚，讀起書來容易記得住。聽吳先生說，他想考個什麼高考普考的，準備去吃公家飯。至於另外的一位毛師兄，據說也想到報社去當個什麼新聞記者。看樣子，整個店裡頭領薪水的工作人員，只剩下吳先生是個死心塌地的「大掌櫃」了。啊！還有帳房呂大姐，好像也是有支薪，既然管的是自家事業，自然不致有「二心」了。

母親的星期天　五月×日

在幾次回家之後，我知道了媽媽最近常常跑教會了。尤其是禮拜天，她從來不會忘了去做禮拜。她不識字，但是她會翻「讀」聖經，起初是左右的教友們幫她翻的，沒幾次她就記住了熟悉的章節。她自備了一本放在家裡，好幾回我回到家裡時，她把經書拿出來，叫我翻到第一章節，叫我念出第一句來，接著就聽她輕鬆地背下去了，很少出過什麼錯誤。

媽愛去教會的原因，我想，或許是在那裡她受到了別處不容易得來的尊重。還有可能是在那種大夥都開誠布公的氣氛下，媽媽透露了她的床邊還「私藏」著爸爸的屍骨箱子。

教會裡的牧師，或許是受到媽媽那份捨不得「割捨」的故事所感動，說出教會裡打算在台中市的郊區，替教友們找一塊理想的歸骨場地，等將來有一天媽媽離世投主的時候，她會牽起爸爸的手，一同步向那「永生」的世界——到時候會在他們合葬的墓碑上，頂著一個小小的十字架。

贏了錢，就「有趣」嗎？ 六月×日

在「夜讀」之中，偶爾翻了一下「標準本」教科書中的國文課本，裡面選了一篇梁啓超寫的「學問的趣味」。大致是在說做起學問來是一件多麼有趣的事。在我過去「求學」的過程裡，的確有過「有趣」的經驗。譬如我在省揚中念書時，我的數學基礎本來就不好，在演算一些難題時，免不了會碰上障礙。可是在幾經「困而知之」之下，忽然所謂「茅塞頓開」了。少不了一陣子「橫生」的「妙趣」，就夠人體味的了。

可是就梁文所舉的個人生活周遭不見得「有趣」的實例裡，有些我倒不以爲然。譬如他說：「打牌有趣嗎？輸了又怎麼樣？」我認爲其中的「輸」字，不如改成個「贏」字——打牌本來是一件有輸有贏的事，我想不可能會有以「輸錢爲『有趣』之本」的人。人家既然「趣」不起來，你又怎能「趣」得起來呢？

鬼話連篇　七月×日

又是在「夜讀」中「讀」出書的心得：

這次讀的是「聊齋誌異」，裡面全是「鬼話連篇」的故事。記得在皖南的時候，常傳說當地有「狐仙」的故事。而爸爸也曾提起過「聊齋」裡面的鬼，一個比一個可愛，而女鬼也都是很美麗動人。媽媽也說過北平南苑的房子，傳說以前也鬧過鬼，而她卻一直以爲「爲人不做虧心事，夜半敲門心不驚」，惡鬼來敲門，都是來找那些做過虧心事的。而我自己的童年都一直在想，要是世上沒鬼，那未免過於寂寞無聊了吧！

打開「聊齋」，第一篇就是一則極其動人的故事——「考城隍」。「城隍」本是陰曹地府裡的「縣太爺」——專管地方上民情曲直的。而那位被錄取的城隍，在考卷上所做出的答案——「有心爲善，雖善不賞；無心爲惡，雖惡不罰」——是一個多麼崇高的賞罰標準！眼看下個月就是一年一度的中元「鬼節」了。在「陰曹地府」裡，一切的「善」與「惡」，到最後總會得到其應得的「報應」的。所謂「不是不報，時候未到」，這會不會是人們在陽世裡受盡了不公的氣，心裡不免會期望著另一個可伸張正義的機會，否則豈不太教他們失望了嗎？

金榜題名時　八月×日

「金榜題名時」竟然輪到我的頭上，而且還眞的是個「狀元」呢！

上個月中，台中二中接受了我以「同等學力」報考了高中部的新生入學考試。這個月初，我到學校來應試的時候，總是覺得那位當初接待過我們母子的「主任」走過我的座位前看一下，我心裡想：我也沒有作弊，看就給你看吧！有時我還抬起頭來，微微一笑地望著他，再低下頭去振筆作答，全部過程深感順利，並沒有碰到什麼難題。

「筆試」完了，接下來就是「口試」。口試的試場是在教務處和訓導處兩間辦公室進行，辦公室的桌子清空了，只留下四、五張來給主試的老師坐。每張子前面排著一列應試的考生。我照自己的編號排在訓導處的那一間。排著排著，我看到那位瘦瘦高高的「主任」指著我在叫：

「那個叫『陳彥增』的，你過來！」

我應聲急步地走到他面前，向他鞠了個躬。

「你注意到沒有，你在考試的時候，我曾大致的看了一下，我看你考得還可以，錄取應該沒問題。到這裡來念書，可要好好聽老師的話唷！」

聽了這些話簡直是勝過「春風」一陣，不由得點頭稱「是」！

接下去主考的「主任」又說，下星期可以到學校裡來看榜了，註冊的時候，要是在經濟上有什麼困難，可以順便申請一下清寒獎學金之類的！

放榜的日子終於到了。趕到學校，榜示就張貼在布告欄裡頭最顯眼的地方。我往上一瞧，哇！第一個不就是我的名字嗎？這不正是中了相聲裡所聽到的「狀元金榜題名時」嗎？我連忙跑去教務處報了到，領到了註冊通知單，又趕快跑回家去，我相信媽媽聽了之後，一定比我還高興！

果然，她就像我把第一次的薪水交到她手上的那次一樣——眼裡又噙起了淚珠子，慢慢地說著：「咱們總算慢慢地熬出來了！」

告別童年　九月×日

學校裡把這次錄取的新生分作「甲、乙、丙」三班，我被分在「甲」班，聽說是照入學測驗的成績分的。我還是第一次碰到上課還要換教室的！這是因為在上國文課的時候，三班都在上國文，其他英文、數學也都是同一節上。原來編在甲班的同學，可能英文要到乙班去上。原來編在乙班的同學，數學也有可能在甲班來上，我倒還好，國、英、數三科都被安排在甲班上，這樣就免得在下課十分鐘裡，還得跑來跑去找自己的座位了。學校爲了讓同學們找座位的時間更爲從容，第二節和第三節的下課時間還特別延長了五分鐘。

看到了新的課表，找來找去，怎麼也找不到「童訓」或「童子軍」那一科了。想當年我在省揚中的「綠林好漢」時代，這是我很拿手的一科呢，老師評定的成績總是給我「甲」等……啊，我想起來了，我已長大成人了，「童年」不再了！

人的一生只有一次童年，每個人的童年當然不盡相同，就我自己來說，總覺得在那段日子裡，的確堆積了不少的苦難。到了後來，正像媽媽所說過的：「只好咬咬牙，再苦的日子也就那麼過了。」——記得這是一句媽媽常用來掃爸爸酒興的句子。

比起媽媽來，我和爸爸卻是聚少離多了，在有限的相聚日子裡，令我印象最爲深刻的一幕，就是每當爸爸在酒後微醺的時候，口裡不斷地哼起：「對酒當歌，人生幾何；譬如朝露，去日苦多……」接下來就是媽媽搶過爸爸手中的杯子，口中同時又說起：「這一杯我替你喝了吧！什麼『苦多』不『苦多』，再多的苦，咬咬牙不也就過去了嗎？」

「苦」是一種滋味，它倒是很耐人尋味。

又想起在書店「夜讀」的日子裡，從一本楹聯專集的冊子中，曾見過一則很有「味道」的聯語，用在公共食堂倒也十分恰當——「會合張王孫李趙；共嘗酸甜苦辣鹹」。

我不禁想起身爲「食客」的張、王、孫、李、趙們，眞的有人願意把「吃苦」當成「進補」的嗎？

說起我的童年來，本來在三年多以前就該結束了；也許是因爲我的「苦」還沒有吃夠，又向後延了三年，記得眼看童年即將結束的時候，同班的同學們都有「此地一爲別，孤篷萬里征」的感覺，彼此都忙著找大家寫紀念留言冊，一位同學給我寫的是：「現在是過去的將來，將來是未來的現在。」當時我還不太明白這兩句話的意思，過了三年多之後，我才想到這些「苦多」的「去日」，不妨留作未來的「張王孫李趙」們，去細作耐心的尋味吧！

25 小孫兒的期待

二〇一一年六月學校終於放暑假了，從兒童節接著春假起，阿鴻就斷斷續續地看了些爺爺交給他的「日記」，有些不大明白的地方，還不時地問起爺爺來呢，譬如：

「爺爺，你上四年級的時候是幾歲呀？」

「爺爺根本沒念過四年級，在皖南念了幾個月的三年級之後，到了江西接下去就念小學畢業班了。」

「眞的有那麼『好康』（閩南語『好運』的意思）嗎？」阿鴻倒認爲這簡直是不可思議的事。

「這算什麼『好』事，每換一個地方念，開始總是會迷迷糊糊的，尤其是算術一科，最是教人頭痛的了。」爺爺道出了他當年「游學」的苦惱，可是接下去他卻又說：「不過，這樣也好，到處『跳（級）』來跳去，卻把初到台灣的那兩年多的『失學』給補了過來，結果就顯不出有什麼『耽誤』了。」

「爺爺可以告訴我『寂寞』是什麼意思嗎？」

「那就是沒人跟他玩，他覺得悶得很難過的意思。小小年紀，你問這個幹什麼？」

「是這樣啦，我有一個同學的大姊，說她看過一本她很喜歡的書，書名就叫『寂寞的十七歲』，再過七、八年，我不也就是十七歲了嗎？我想早點知道它的意思。那爺爺你的『十七歲』又怎樣？『寂寞』嗎？」

「我那時候正在書店裡當學徒哪，白天夜裡都忙得很哪，連做夢的工夫都沒有，怎麼會『寂寞』呢！」

「那『寂寞』的相反又是什麼呢？」阿鴻接下來還有他的問題。「難道是『快樂』嗎？」

「爺爺給你八十分，再過七、八年，我也要向著九十大關邁進了，到時候，如果爺爺還在這個世界上的話，就和你分享你那『快樂的十七歲』好嗎？」

「那當然是再好不過了，」阿鴻像是在眞心地期待。

【外一章】

好一趟顛簸的車程

在大度山的向陽坡面上，豎立著一塊奇特的墓碑——從往生者離世的時間上來看，當時的墳場還是在日據時期。而墓中的骨骸自然是歷經了一番顛顛簸簸的路程，才得以停置於此地。這裡所停放的，乃是在抗日戰爭中先行辭世的父親，他曾是一位從「關外」轉戰到「關內」，從黃河之北轉戰到長江以南的戰士，最後卻歸骨在海峽的彼岸，誰能料想得到一個人的一輩子竟是如此的「漂泊」呢？

這是一座雙穴——在父親的身邊，就是一生中與他聚少離多的母親。比起父親來，我對母親的印象可就深得多了。記得在母親的追思禮拜上，牧師說：「世上的人們都像在搭公車一樣——老姊妹只是先我們幾站下車了……」照這麼說來，母親所搭上的這一班車，可真的是顛簸無比了。下面就是她八十多年來的「顛簸歲月」。

八國聯軍打進北京皇城的那一年她才兩歲。她出生在一個聽得見炮聲的鄉間。直奉大戰的時候，她已經有了自己的孩子。她嫁給了一個整年難得在家的軍人。早先出世的幾個孩子，在得不到健康的成長環境下，使得一心想做個慈母的她，卻一再飽嘗著別夫殤子的悲痛。

我開始有自己的記憶是在北平城裡的那段日子。那是寄住在所謂「大姑奶奶」家裡的時候。當時整個華北地區，幾乎已全都是「日本鬼子」的天下。我們原來的老家在鄉下，每到晚上常常有打著「抗日救國軍」旗號的匪徒們，做出一些綁票勒贖的勾當。到了白天，鬼子們又三不五時地帶著大炮來「清鄉」。有錢的人家趕緊套起大車來，沒錢的就只好隨著呼爺爺叫奶奶的人群，朝著與炮聲相反的方向沒命地狂奔而去……曾聽母親說起一位正在坐月子的小媳婦，在找不到人幫助之下，抱起炕上裹在襁褓裡的娃娃，另隻手提起事先收拾好的小包袱，奪門而出，跟著淹沒在慌亂的人群裡。身子本來就已經虛弱的她，很快就腳軟了下來，坐在道旁的一口井沿上喘口氣吧，心想手上的包袱實在有些累贅，不如暫且把它丟在井裡，等回頭再來取吧！可是等跑累了再歇腳的時候，想起該給孩子餵奶了，往懷裡一看，抱著的竟然不是孩子，而是包袱！

老家的日子叫人實在過不下去了。母親才動起了投奔到城裡「大姑奶奶」家裡的念頭——那裡是一所家庭工廠，憑著母親一手靈巧的針線活計，換得了一處臨時避難的窩巢。父親早已轉戰到千里之外的江南去了。爲了要與父親取得聯繫，又怕給姑奶奶惹上「通敵」的麻煩，每隔幾天，母親總是要跑出去一趟——去看看另一處可靠的朋友那裡有沒有父親的來信。她每次都是捨電車不坐，全靠著她那雙纏過的小腳走個來回，爲的是好把省下的車票錢，買上一套火燒夾肉，給家裡期待著她的孩子吃。這一段「遺民淚盡胡塵裡」的歲月，讓她一撐就是四五年之久。

印象中第一次出遠門是從北平火車站上火車開始，那是一趟到皖南去找父親，令人實在興奮的旅程。只記得一路上走走停停，路過了許許多多的關卡，換過了許許多多的車船，在沒有通訊設備的當時，又沒人引導之下，總算是獲得了和父親短暫的相聚，短暫到來不及迎接勝利的到來，父親就又被調到湖南去迎敵了。再次的相會是在皖南和湖南之間的贛北。這一趟既有「跋山」又有「涉水」，幾乎全都是徒步的行程，前後耗去了個把月之久。在鄱陽湖的南岸，我們總算有機會停下來喘口氣。可是不到一年，母親卻遭逢到有生以來最爲沉重的一記衝擊——父親竟然步上了「出師未捷身先死」的厄運。所謂的「八年離亂」，這時才步入第七個年頭。更爲猛烈的炮火又逼著我們繼續南撤，逼著我們不得不離開那座坐落在贛北鄉間的孤墳，逼著我們做了沒有撫卹的「無依軍眷」。不會寫信的母親，幾乎每天都要還在念小學的孩子替她寫封「家信」。她噙著淚水，口述著自己的心願——告訴在另一個世界的父親耐心地等著她吧——總有一天她會帶著全家，渡過大江，翻過大山，再回到自己熟悉的家園去。發信的方式是投身到荒野，面向北方，要孩子重複誦念著信裡的字句。念完之後，就把這封「家信」隨著紙錢一道燒去。在飛揚的紙灰過後，她不願讓人看到她那副失魂落魄的模樣。直到夕陽西下，這才拉起軟弱得趴在地上的孩子，一同邁起蹣跚的步履，回到自己臨時的落腳之地。

又是幾番的風雨過後，驚天動地的抗日勝利喜訊，終於傳到這大後方的最前線。我們再循著來時的舊路，一路找到了父親的墳前。在墳的一旁搭著一座小草棚，父親的一位「死心眼」的舊屬，就在他搭起的那座草棚裡苦守了一年多的歲月。一年多之前當我們不得不離去時，他曾向母親表達了他要留下來「繼續侍候老長官」的心願。當時的母親還以為他只是在做有心要當逃兵的「輕諾」。五百多個日子的苦守，證實了這位山東漢子的可敬行徑。也許是他的執著，更加強了母親日後對父親屍骨永不分離的堅持。在他的協助之下，再挖出埋在墳裡的骸骨，又到河裡洗去那些尚存的腐肉，等整體風乾了之後，最後封裝在一具樟木箱裡。從此，這箱子便成了母親日後隨身所帶的一件最為珍貴的「行李」。一路上大江南北、海峽西東，雖曾不斷地割捨過許許多多的心愛之物，而這一件神祕的箱子，終於被她一直提到了本來只打算暫可喘息的蓬萊海島。在那一陣的民族大播遷裡，有誰能想到，還「遷」來了一「具」沒有生命的「難民」！

初臨陌生的寶島，總得要找個可以遮風避雨的棲身場所。傾盡了手邊僅餘的所有，交換到一處市區裡廉價的閣樓。原「屋主」看在我們同是來台落難的分上，給了我們特別的「優惠」。不料個把月之後，就在雖有「讓渡契約」，卻拿不出「所有權狀」的無助情勢下，全家只好被掃地出門了。就此流落街頭，做了一段時期道道地地的「家庭街友」。

一再的橫逆，並沒有擊倒母親走出橫逆的信念，反倒成就了她那股能夠「細嚼黃連而不皺眉」的能耐。孩子的大學畢業典禮，被她看成了應是母子們可以共享的碩果。她堅持要從台中鄉間趕來參加。在六月的驕陽下，在台北中山堂前的廣場上，她吐了幾口鮮血。她還怕別人替她擔心，她一直說著：「不礙事，這是我的老毛病」——原來她早就對自己生命的負荷做出了不為人知的透支——她得的是嚴重的「肺癆」。又是一次的堅持，她堅持再回到台中的鄉間，凌晨的祈禱，再配合每週一次來村的巡迴醫療車，一年多之後，她的「老毛病」總算鈣化了。

一位年近八十歲的白內障患者，被從手術房裡推了出來。主治醫師在探問誰是這位老太太的家屬，他透露了母親是他從醫以來所遇到的「最爲奇特」的病患——原來是在局部麻醉之下，手執手術刀的醫師，免不了要安撫一下意識依然清醒著的患者情緒。他說：「老人家，請放心，我是這裡最好的醫師，我會用最細心的手術替你把病治好。」想不到母親卻安詳地回答他：「醫師，你愛怎麼刺就怎麼刺吧，上帝正在握著你的手哪！」在信心的感召下，醫生順利地完成了一次極爲成功的高度精密手術。一位八十多歲的老人家，常常出沒在醫院的病房裡，不是去看自己的病，而是去做一些自己體力還能負荷的義工，她說這是上帝給她的指令，她一定能勝任。

七十歲的母親。

在大度山的向陽坡面上，母親爲自己找到了個人一生的終站，在她晚年的那段日子裡，從來不曾聽她提起過她生命旅程中不平的過去。她的寬恕和容忍，足以承擔起墓碑上的十字架，墓碑上還銘刻著兩位老人的降生和安息的日子——那的確是一個不平凡的世紀。如今，這兩位老人家終於不再像他們有生之年那樣聚少離多了。

INK PUBLISHING

People 11

難童日記

作　　者	陳彥增
總 編 輯	初安民
責任編輯	鄭嫦娥
美術編輯	陳淑美
校　　對	呂佳眞 陳彥增 鄭嫦娥

發 行 人	張書銘
出　　版	INK 印刻文學生活雜誌出版有限公司 新北市中和區中正路800號13樓之3 電話：02-22281626 傳眞：02-22281598 e-mail:ink.book@msa.hinet.net
網　　址	舒讀網 http://www.sudu.cc

法律顧問	漢廷法律事務所 劉大正律師
總 代 理	成陽出版股份有限公司 電話：03-3589000（代表號） 傳眞：03-3556521
郵政劃撥	19000691 成陽出版股份有限公司
印　　刷	海王印刷事業股份有限公司

港澳總經銷	泛華發行代理有限公司
地　　址	香港筲箕灣東旺道3號星島新聞集團大廈3樓
電　　話	852-2798-2220
傳　　眞	852-2796-5471
網　　址	www.gccd.com.hk

出版日期	2012年2月 初版
ISBN	978-986-6135-79-8

定價 260 元

國家圖書館出版品預行編目(CIP)資料

難童日記／陳彥增著．－－初版．－－
新北市：INK印刻文學，2012.02
256面；15×21公分．－－（People；11）
ISBN 978-986-6135-79-8（平裝）

855　　101001495

INK INK INK INK INK INK
K INK INK INK INK INK IN
INK INK INK INK INK INK
K INK INK INK INK INK IN
INK INK INK INK INK INK
K INK INK INK INK INK IN
INK INK INK INK INK INK
K INK INK INK INK INK IN
INK INK INK INK INK INK
K INK INK INK INK INK IN
INK INK INK INK INK INK
K INK INK INK INK INK IN
INK INK INK INK INK INK
K INK INK INK INK INK IN
INK INK INK INK INK INK
K INK INK INK INK INK IN
INK INK INK INK INK INK
K INK INK INK INK INK IN
INK INK INK INK INK INK
K INK INK INK INK INK IN
INK INK INK INK INK INK

K INK INK INK INK INK IN
INK INK INK INK INK INK
K INK INK INK INK INK IN
INK INK INK INK INK INK
K INK INK INK INK INK IN
INK INK INK INK INK INK
K INK INK INK INK INK IN
INK INK INK INK INK INK
K INK INK INK INK INK IN
INK INK INK INK INK INK
K INK INK INK INK INK IN
INK INK INK INK INK INK
K INK INK INK INK INK IN
INK INK INK INK INK INK
K INK INK INK INK INK IN
INK INK INK INK INK INK
K INK INK INK INK INK IN
INK INK INK INK INK INK
K INK INK INK INK INK IN
INK INK INK INK INK INK
K INK INK INK INK INK IN